KB104173

담장의 말

담장의 말

**흙과 돌과 숨으로 빚은
담의 미학을 생각한다**

초 판 1쇄 인쇄 2023년 1월 16일
초 판 1쇄 발행 2023년 1월 27일

지은이 민병일
펴낸이 정중모
펴낸곳 열림원

편집주간 김현정
진행 서경진 편집 김정현 디자인 강희철

Art Director | Lee, Myung-ok

등록 1980년 5월 19일 (제406-2000-000204호)
주소 경기도 파주시 회동길 152
전화 031-955-0700 | 팩스 031-955-0661~2
홈페이지 www.yolimwon.com | 이메일 editor@yolimwon.com

ⓒ 민병일, 2023
ⓒ Fotografie 민병일
Printed in Seoul, Korea

ISBN 979-11-7040-162-9 03810

이 도서는 2022년도 한국문화예술위원회 아르코문학창작기금(발간지원)
사업에 선정되어 발간되었습니다.

흙과 돌과 숨으로 빚은
담의 미학을 생각한다

담장의 말

담벼락 방랑자
민병일 산문집

열림원

담의 뮈토스Mythos 혹은
거울 속의 거울Spiegel im Spiegel

오래되고 미적인 '창窓'과 '담'을 찾아 10년 넘게 방랑을 한 적이 있다.

그 시절은 생이 내게 베푼 아름다운 시간이었다. 누구에게나 청춘을 구가하던 청색시대가 있고, 누구에게나 낭만적 이상주의에 이끌려 가슴 설레던 시절과 사막이나 초원을 건너가는 캐러밴처럼 밤하늘 별을 보며 길을 찾던 시절이 있다. 길이 보이진 않았지만, 보이지 않는 길로 인해 꿈을 꿀 수 있었고, 새하얀 눈 내리는 골목 외등 담벼락 앞에서 나만의 혁명을 모의할 수 있었다. 그 시절은 추함과 불협화음과 절망 속에서도 정신을 전복시켜 새롭게 미에 눈을 뜨는 시간이었다. 독일 유학 시절 함부르크 쿤스트할레Kunsthalle, 미술관를 시작으로 서양 미술 순례를 했던 기억으로부터 벗어나, 나의 미적 사유 방식을 창이든 담이든 사물들의 꿈 속에서 찾고 싶었다. 그러나 내가 본 것은 이데아였고 허무였다. 그것들은 낡은 집에서, 사람과 사람 사이에서, 마을 속에서 실재했지만 미적인 '것'이 현상된 것일 뿐, 아무것도 보이지 않았다. 르네 마그리트든 마크 로스코든 그들의 작품을 바라본다고 무엇이 꼭 느껴지는 건 아니듯, 창이나 담도 마찬가지였다. 담은 바라볼수록 거대한 장벽 같았다. 그럴수록 나는 담벼락이 유혹하는 길 속으로 걸어 들어갔다.

창은 현상 저 너머를 꿈꾸게 했고, 담은 생을 낯설게 비추는 거울 같았다.

담이라는 거울 앞에 서면 또 다른 거울이 설핏 보였다. 거울 속에는 또 하나의 거울이 있었던 것이다. 풍경이라는 현상을 비추는 거울과 현실 저 너머를 비추는 거울은 나를 꿈꾸게 했다. 잃어버린 시간을 찾아가는 방랑은 그렇게 시작되었다. 아무도 눈길 주지 않는 동백 지는 골목에서, 흰 눈이 소복이 쌓인 고요한 설국에서, 인간적인 것과 형이상학적인 것 저 너머에서, 도깨비가 살 것 같은 연못에서, 달빛 춤추는 마을 길에서, 와온 바다 햇빛을 수집하는 갯마을 뒷간에서, 똥과 밥의 아름다운 카오스 티베트의 담에서, 에체 호모를 외치고 싶었던 보성강변 연화리에서, 섬 위에 있는 여자의 섬에서, 밥이 몰락한 거룩한 조리 앞에서, 철사로 꿰맨 아버지의 성곽에서,

민들레 홀씨 타고 떠난 아름다운 담장 건축술에서, 100년 된 담장과 100년 된 장독 사이에서, 베를린 장벽 돌 조각 앞에서, 달천 마을 밤의 여왕 집에서, 메마른 수세미가 달린 눈부신 허무집에서, 궁항 마을 인어가 사는 집에서, 낙타가 걸어간 흙담에서, 생에 비스듬히 장대 받쳐놓은 빨랫줄에서, 시간 전시장에서, 잘못 든 길에서, 오르페우스와 에우리디케가 빛을 찾아 걸었던 캄캄한 길에서, 돌의 미사 솔렘니스 들리던 풍경에서, 사라지는 사라지지 않는 사라져간 생의 콜라주 앞에서, 반사면 없는 거울, 담장 앞에서 나는 미적으로 전율했다.

담장은 꿈꾸는 황홀경이었다.

꿈꾸는 황홀경 속에는 우물 같은 거울이 있어서 신비하게도 꿈을 비춰주었다. 나는 담장을 경계로 현실과 현실 저 너머를 오갈 수 있었다. 담장 앞에 서면 아무것도 보이지 않았으므로 초현실의 마법을 통해 멋진 신세계로 갔다. 초현실 세계란 꿈의 현전으로, '지금, 여기' 존재하는 것이다, 라는 생각을 들게 했다. 담장은 실재적인 사물이지만 시뮬라크룸 simulacrum, 가짜 복사물 같았기에 허상의 표층을 본 것 같았다. 그러나 흙과 돌과 숨과 빛과 그늘, 천둥과 번개, 눈과 비로 지어진 담장에는 오래된 시간의 리듬이 존재했다. 찔레꽃 바람 불어오는 봄날, 담장 앞에서 잠시 눈을 감고 있는데 빛살 무늬 같은 리듬이 지나가는 게 아닌가! 리듬의 무늬들은 파울 클레의 그림에서 본 물결 같기도 했고, 시골집 방에서 빛바랜 조각보를 수선하는 나이 든 어머니의 이마 주름 같기도 했고, 흙과 돌에 어리는 나무 그림자 같기도 했고, 담장을 스쳐 간 이들의 삶이 녹아든 것 같기도 했다. 담장에는 앙리 르페브르가 말한 자본화된 허상적 리듬이 아닌 심장을 고동치게 하는 온기의 리듬이 존재했다. 거울 속의 거울, 담장 앞에서 심층적이고 실제적으로 꿈의 현전을 본 것이다. 나는 담장 앞에서 단꿈을 꾸었다.

아득한 과거에 대한 집단적 기억을 전해주는 신화의 언어 뮈토스Mythos가, 내게는 식구들이 살아온 집의 풍경 간직한, 사람의 삶이 총체적으로 낡아가는 풍경 새겨진 담의 신화 Mythos, 삶의 은유로 보여졌다. 신화Mythos·고대 그리스어μῦθος란 '소리, 단어, 말, 이야기, 멋진 이야기Laut, Wort, Rede, Erzählung, sagenhafte Geschichte'로서 원래 의미는 '이야기Erzählung'를 말한다. Mythos의 형용사 'mythical'은 구어체에서 '동화 같은 모호함, 공상 또는 전설fairytale-vague, fancy or legend'의 동의어로 자주 사용된다고 하는데, 내가 담장에서 느낀 이미지는 바로 동화 같은 모호함과 공상의 세계였다. 담장은 사람 개인이나, 그 집 식구들의 이야기를 간직한 동화 같은 낯선 세계였다. 담장은 언제나 그 자리에 있는 것 같고, 아무 의미 없이 서 있는 것 같지만, 그것은 상상하는 세포를 가진 유기체였다. 흙과 돌에 인간의 숨과 정념을 빚어 만들었으니 생명력이 쉽게 허물어질 리 없고, 그 무량한 시간 앞에서도 좀처럼 해체될 리 없다. 담장 앞에 있으면 날아오르기도 하고, 담장 속으로 걸어 들어갈 수도 있고, 꿈을 꿀 수 있었다. 어느 날 막연했던 담장이 아름다운 것으로 보이고, 무관심한 만족을 불러일으키는 대상이 되더니, 예술작품으로 인식되기에 이르렀다. 담의 미학이라고 해야 할까, 숭고한 꿈의 파편이라고 해야 할까.

담장은 아무것도 숨기지 않고 아무것도 보여주지 않는다.
롤랑 바르트는 "신화는 아무것도 숨기지 않고 아무것도 보여주지 않는다Der Mythos verbirgt nichts und stellt nichts zur Schau"라는 말을 했는데, 나는 담장이야말로 그렇다고 생각했다. 담장처럼 아무것도 숨기지 않고 있는 그대로의 질감을 드러내지만, 결국 아무것도 보여주지 않는 게 또 어디 있을까 싶었다. 담장은 미적인 '것'만 느끼게 할 뿐, 아름다움Schönheit을 보여주진 않았다. 나는 오랜 세월을 담장 앞에서 서성이며, 미에 대한 탐사로서 방랑을 하고, 담 위를 걸어가는 산책자로서 살았다. 어느 날은 돌담 사이를 오가는 개미에게 "이보게 친구, 미란 무엇일까?" 묻기도 했고, 황토를 개어 만든 오래된 담 밑에 핀 민들레 홀씨에게 "하얗게 하얗게 떠올라 먼 길 떠나기 전에 네가 생각하는 아름다움은 무엇인지 말해주렴!"하고 부탁하기도 했고, 분홍색 함석 담장에 앉은 칠성무당벌레에게

"미적인 것은 자네처럼 행운을 간직하고 떠도는 것인가? 라고 묻기도 했다. 낯선 곳에서 별을 보며 잠들기도 하고 눈썹 같은 초승달이 하현달로 바뀌는 것을 길에서 보기도 했지만, 나는 그저 장돌뱅이처럼 이 담 저 담을 떠돌 뿐 담의 미학은 너무 멀리 있었다. 어느 순간 담에서 아름다움을 찾는 게 좌절과 희망의 경계에서 무엇인가 성취를 이루려는 것 같아서 부끄럽기도 했다. 설령 담의 미학을 찾는다고 한들(미망 같은 불가능한 일이지만) 그것이 부질없는 일이란 것도 잘 알고 있었다. 미에 대한 강박은 오히려 미의 비탄에 빠지게 했으니, 담담한 얼굴로 있는 담을 바라보기만 해도 즐거웠고, 어머니의 해사한 미소 같은 담을 보는 것만으로도 좋았다. 그렇게 미에 대한 집착을 버리니 아름다움이란 현상 속의 공기 같은 게 아닐까? 하는 생각이 들었다. 담장을 보고 느끼는 직관적 미를 공기처럼 숨 쉬며 조금은 객관적으로 표현하기! 그것이면 족했다. 사실 아름다움은 도처에 있었지만 아름다움이 태어나는 순간을 포착하는 건 어려운 일이다.

담장이라는 거울을 볼 때면 지금도 낯선 생각이 든다.
담−거울에 보이는 실제 모습 말고, 피사체의 이면을 비추는 또 하나의 거울은 수수께끼 같은 기호 같았으니 그럴 수밖에 없었는지 모른다. 보이는 세계에서 보이지 않는 세계를 엿본다는 건 불가능한 일이지만, 담−거울에 반사된 햇빛이 반짝일 때, 담에 투영된 햇살에 뭉긋한 나무 그림자가 드리울 때, 자연은 순간적으로 아름다움을 느끼게 했으니 인생 공부를 한 셈이다.

'슈피겔 임 슈피겔Spiegel im Spiegel!', '거울 속의 거울'은 하나의 낯선 세계였고, 담-거울은 여러 겹으로 둘러싸인 이미지의 왕국 같았다. 낯선 세계에 들어가기 위해선 하나의 세계를 파괴하지 않으면 안 되었지만, 나에겐 오르페우스 같은 리라도 신기를 넘어서는 아름다운 목소리도 없었다. 그냥 끔찍한 현실과 박치기하며 담장에 부딪치는 수밖에 없었다. 내가 쓴 담의 미학은 미학이 아니다. 미를 바라보려고 애쓴 미적인 '것'의 흔적이며, 담을 통해 미적인 '것'을 찾으려는 정신의, 열정의 비늘 한 조각일 뿐이다. 내가 본 담장은 어쩌면 요제프 보이스가 설치 작품을 통해 보여준 것처럼, 〈20세기의 종말Das Ende des 20. Jahrhunderts〉과 함께 사라져버린 허무한 풍경일지 모른다.

『담장의 말』이 나오도록 애써주신 열림원의 정중모 대표님께 진심 어린 감사의 인사를 드린다. 여러 해 동안 함께 머리를 맞대며 아름다운 책을 기획하고, 편집자로 작은 꿈을 만들어갈 수 있었던 것은 정중모 대표님의 깊은 배려가 있었기에 가능했다. 기획과 편집, 디자인을 놓고 책 예술을 말할 때면 우리는 생각이 다를 때도 많았지만, 그 차이가, 우리의 책-우정을 인생-우정으로 발전시켰다. 대화를 하다 보면 혜

안을 지닌 예술가 같은 탁견에 놀랄 때가 많았는데, 아트디렉터로서도 출중한 능력을 겸비하신 정 대표님께 많은 걸 배울 수 있는 시간이었다. 그리고 훌륭한 책이 만들어지도록 헌신적인 노력을 기울여주신 서경진 편집장님과 제주에서 미적인 북 디자인을 해주신 이명옥 디자이너 님께도 마음 깊은 감사를 드린다.

다시,
길을 찾아가야겠다.
길은
꿈의 세계가 현상되는
아름다운 가상
길은
낯선 세계로
나를
유혹한다.
부싯돌을 쳐서
불을 일으키듯
길에
정신을 부딪혀
파란 불꽃을 사를 것이다.
나는

길이며

길 위의

심미주의자다.

아직 한 겨울이지만 노란 꽃은 산자락 얼음과 눈을 뚫고 새순을 밀어 올리고 있을 것이다. 내가 진정으로 두려워하는 건 그 순간이다. 봄은 점령군처럼 속수무책으로 다가오고, 아름다움은 어떤 목적도 없이 합목적적으로 피어나는데, 계절을 예감하지 못하고 미를 지각하지 못하는 디오니소스여, 붉은 포도주가 든 유리잔을 깨라! 내 삶도 꽃의 벼락 같은 정신에 기대어 무엇인가 뚫고 나오려 한다. 빛의 구멍, 담장이든 고독이든 아름다움이든!

2023년 정월
빛이 들이치는 담장 아래서

차례

흰 담벼락에 그려진 식물들의
꿈꾸는 숭고

"숭고한 것은 지금이다The Sublime is Now"를 느낄 수 있는 거대한 그림을 보았다.

겨울 아침 곡성의 한 농가 담벼락은 칸딘스키의 캔버스를 방불케 하는 전위예술의 실험장 같았다. 목화밭에서 아침 안개 묻은 바람이 불어왔다. 농가 담벼락에 안개 바람이 잔뜩 붙어 희뿌연 햇빛이 반짝일 때마다 미세한 안개 방울이 빛났다. 담벼락 앞에서 넋을 잃었던 것은 한 폭의 추상회화 같은 풍경이 '파리의 초현실주의Surrealismus in Paris'에서 보았던 반란의 이미지 같기도 하고, 앙드레 브르통이나 필리프 수포, 루이 아라공, 막스 에른스트 같은 초현실주의자들이 외쳤던 '정신의 외침' 같았기 때문이다.

현대 예술은 더 이상 그리스의 고전적 미의 이상인 '완전한

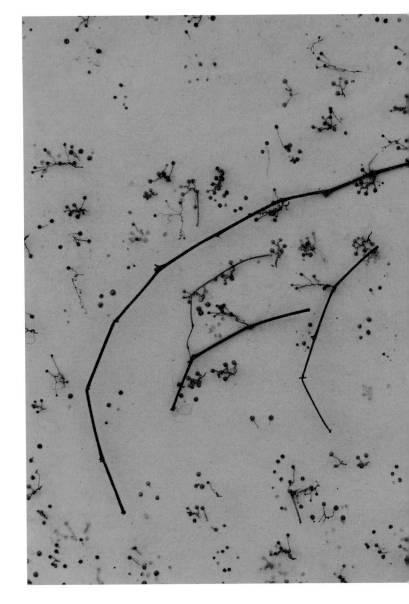

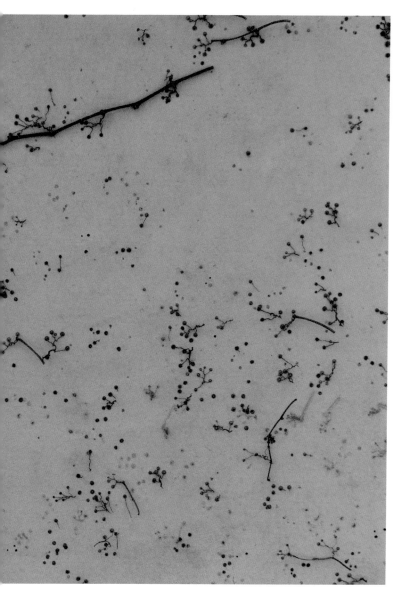

흰 담벼락에 자라는 식물들의 꿈

형상'의 구현을 목표로 하지 않는다. 이미지의 파괴를 불러일으켜 형식을 부정하고 형상을 추상화시켜 대상을 현시 불가능한 것으로 만든 지 오래다.

자연은 어쩌자고 담벼락에 저런 그림을 그린 것일까!

담벼락은 어쩌자고 저런 이미지를 품은 것까!

쇼팽의 〈녹턴 20번 c#단조〉에서 묻어나는 슬픔이 담장의 점·선·면을 따라 흘렀다. 슬픔의 피아니시모 같기도, 슬픔의 메타포 같기도 한 피아노 선율이 집을 지은 흰 담벼락. 그러나 '녹턴' 속의 슬픔이 그러하듯 쇼팽은 선율에 슬픔을 마냥 조각하지 않고 어느 순간 슬쩍 환희의 음표를 풀어놓았다. 담벼락의 이미지도 쇼팽의 〈녹턴〉과 크게 다르지 않아 보였다. 식물의 자기표현 같기도 하고 생의 덧없음 같기도 한 이름 모를 그림에서 따뜻한 슬픔이 느껴졌다.

사진기를 담벼락에 들이대기 전 한참 동안 그 벽을 바라보면 마음이 정화되는 것 같았다. 누구 하나 거들떠보지 않았지만, 담은 언제나 그 자리에서 식물들의 대지처럼 있었다. 어디 그뿐인가, 담벼락을 보면 배를 쓰다듬어주던 할머니 손길이나 어머니 마음처럼 가슴 뭉클해지는 무언가가 있다고 여겨지니 저 담은 그리운 이의 눈을 보는 것 같았다. 석기시대의 동굴벽화나 희한한 상형문자라도 발견한 사람처럼 경이에 찬 표정으로 서 있는 나에게 지나던 아주머니가 웃으며 한 말씀 하신다.

"다무락 보고 뭣하시요?"

머리에 흰 수건을 두른 채 호미 들고 밭으로 가던 아주머니는 별 싱거운 사람 다 본다는 표정이다. 흰 담벼락 앞에서 영혼에 충격받은 모습으로 꼼짝하지 않았으니 이상한 사람으로 여길만도 했다.

그렇게 한참 동안 담벼락과 대화를 했다.

"넌 어디서 왔는데? 네가 담에 그린 그림은 어떤 의미인데?"

내가 묻자 담벼락이 말했다.

"의미? 그런 건 없어. 삶은 말이야 미결정 상태이거든. 삶은 도착하지 않은 꿈이야. 미지란 것은 무엇인가가 일어날 것이란 설렘이 쾌감을 주는 거잖아.

의미가 없는 셈 쳐봐. 무의미 말이야. 하지만 무의미라고 다 의미가 없는 건 아니잖아. 단박에 의미를 깨치려 하지 말고 지나는 길에 또 들러서 담벼락을 쳐다봐.

어느 날은 햇빛 지나간 융숭한 그림자만 깊이 새겨져 있을 것이고, 어느 날은 바람이 불고 있을 거야. 달빛 은은한 밤 담벼락도 들여다봐. 혹시 알아 달빛 요정이 네게 말을 걸어올지.

담벼락은 말이야 일체의 상념이 없는 무상無想의 이미지거나 정함이 없는 무상無常일지 모르거든. 그러니 한참 지난 어느 날 슬그머니 어떤 의미가 찾아올지 누가 알아?"

담벼락의 말을 가만히 듣기만 했다. 담벼락에 수놓인 부러진 나뭇가지와 씨앗, 작은 열매, 열매의 흔적만 남은 자리는 하찮아 보인다. 그러나 아주 하찮아 보이는 것들이 어쩌면 우리 곁을 스쳐 지난 위대한 예술일지 모른다. 왜냐하면 예술이란 밤하늘의 별처럼 다채롭고 숭고하지만 유토피아에 집을 지은 덧없는 것이기 때문이다.

사진을 찍기 전 대상 앞에서 침묵하다 보면 말이 들려온다.

"숭고한 것은 지금이다."

흰색 담벼락을 보며 그런 생각이 들었다. 말라붙은 식물성은 생명으로 충만해 보였다. 죽음의 강을 건너 장대한 우주 어느 별의 지도를 그려 보인 생명 이미지. 이미지는 보이되 이미지의 종언을 말하는 것 같은 식물성의 이미지. 현시할 수 없는 상상력이란 이런 게 아닐까. 숭고에 대한 말들이 머릿속에 떠올랐다.

숭고론을 처음 말한 고대인 롱기누스는 『숭고에 관하여』에서 장엄하고 무한하고 신적인 자연에서 느껴지는 무아지경의 희열을 숭고라 했는데, 자연의 한 부분을 응축해놓은 것 같은 저 담벼락 이미지에서도 자연의 무아지경이 느껴졌다.

무심히 지나치기 바쁜 일상에서 무엇인가 바라다보면 그 자리에는 신의 입김 같은 비밀이 숨겨져 있다.

『숭고와 아름다움의 이념의 기원에 대한 철학적 탐구』를 쓴 에드먼드 버크는 두려움을 동반한 환희의 감정, 즉 '부정적 쾌'의 감정을 숭고라 했다. 보이면서 보이지 않는 담벼락 이미지에서도 낯섦이 알 수 없는 두려움으로 번지더니 이내 탄성을 자아내는 환희의 감정으로 변주되고 있음을 느꼈다. 비록 하찮은 담벼락일지라도 자연이 그려놓은 이미지는 밤새 외계인이 그려놓고 간 암호 같기도 했고 알 수 없는 생명체들의 신호 같기도 하여 더 그랬다.

숭고를 자연이 아니라 이성에서 찾은 이는 칸트다. 그는 『판단력 비판』을 통하여 숭고가 "우리 안에서만", "우리의 사유 방식에서만", "상상력과 이성의 충돌에 의해서만" 나타난다고 말한다. 즉 자연의 거대함, 장대함 그 자체가 숭고한 것이 아니라, 자연이라는 대상을 통해 우리 안의 이성에서 미학적으로 숭고의 감정이 나타난다는 것이다. 하지만 나는 인간 이성이라는 거울에 나를 비춰본 지 오래다. 먹고살기 바쁜 일상에서 숭고니 이성이니 하는 말들이란 삶과 격리되어 보성강 물살에 밀려온 돌멩이 같을지 모른다. 저 담벼락의 흰색 거울에 나를 비춰보니 식물성의 이야기가 나를 긴장시킨다.

아무리 궁리해봐도 담벼락을 수놓은 식물성의 이미지는 리오타르의 숭고에 가장 가깝다. 포스트모더니즘 철학자 리

오타르는 뉴먼의 "추상적 숭고"를 바탕으로 '숭고_{das Erhabene}'
를 "이제 무엇이?"라는 물음으로, 아직 결정되지 않은 미지
의 것으로 규정한다. 리오타르는 '이제 무엇이?'라는 의문부
호로서 현대의 숭고를 아방가르드 숭고라 했는데, 이는 현대
예술에서 재현적 미술로서의 회화가 붕괴되고 이미지의 파
괴가 규정할 수 없는 것을 증언한다는 것을 의미한다.

이미지가 보이지만 파괴되어 있는 것 같은 흰색 담벼락의
식물성 이미지. 담벼락을 보면 길이 보이는 것 같은데 도무지
찾을 수 없는 길의 지도. 저 흰색 담벼락이야말로 현대 추상
예술이 무엇인지 보여준다. 장 프랑수아 리오타르가 전라도
곡성 촌마을의 담벼락을 보았다면 현시할 수 없는 '지금'을
강조하는 그의 포스트모더니즘 철학과 숭고 이미지가 좀 더
재밌지 않았을까 생각해본다.

꿈꾸는 숭고!

나는 흰색 담벼락에 난 길을 걸어갔다.

보이지만, 보이지 않는 그 길은 안개 같은 길이다. 무수한
이미지를 생성하지만 끊임없이 이미지가 파괴되어가는 길.
산다는 것도 무수하게 보이는 이미지를 파괴하며 가는 길이
다. 하지만 그것은 현시 불가능한 것을 통해 생 앞에 현시 가
능한 것으로 가져다주는 현시. 흰 담벼락은 이미지로 가득 차

파울 클레의 추상 그림

있지만 가능성의 침묵으로 차 있는, 눈이 시리도록 침묵하는 가능성일 뿐이다. 담벼락에 붙은 꿈꾸는 식물들은 내게 도화지 한 장을 불쑥 내밀며 "무엇이라도 그려봐!"라고 말했다. 나는 흰 도화지 위에 파울 클레의 그림을 그리기 시작했다. 새 발자국도 찍고, 나무와 의자와 집을 그려 넣고, 나뭇잎, 어깨동무하고 춤을 추는 소년과 소녀, 꿈, 파란 공기, 이데아도 그렸다.

담벼락에 붙은 꿈꾸는 식물들은 "무엇인가 빠져 있다!"라고 말했다. 곰곰이 생각했지만 선뜻 무엇이 빠졌는지 떠오르지 않았다. 길일까? 산일까? 강물일까? 꽃일까? 아무리 생각해도 마음만 급해질 뿐, 무언가 잡힐 것 같은데 손가락 사이를 빠져나가는 물거품처럼 아무것도 잡히지 않았다. "클레의 그림을 본떠 그린 풍경에 도대체 무엇이 빠졌지?" 고개를 갸우뚱하며 물었다. 겨울 공기를 들이마시던 꿈꾸는 식물들이 다시 말했다.

"너에게 하나밖에 없는 걸 생각해봐!"

"하나밖에 없는 것?"

가만히 눈을 감고 생각에 잠겼다. 침묵으로 가득 찬 상념들이 하나둘 모여들어 또 다른 침묵의 말을 만들었다. 정신 Geist 이 불꽃처럼 수를 놓고 지나는 게 보였다. 찰나였다! 그 순간, 나도 모르게 아! 하는 탄성이 속으로 절규하듯 울렸다.

영혼 Seele!

영혼이었다. 겨울날 아침 흰색 담벼락에 그려진 식물들의 꿈은 숭고한 영혼의 몸짓이었다. 저 담벼락에 죽은 듯 붙어 있지만, 숨을 몰아쉬고 있는 식물들의 위대한 영혼!

와온 바다 햇빛을 수집하는 섬달천 마을
뒷간 담벼락

뒷간은 인간을 해방시킨다.

자신을 구속하는, 구속하려는 모든 것으로부터 자유로운 시간을 꿈꾸게 한다. 인간 본성을 억압하는 부자유로부터, 부자연스러움으로부터, 고독으로부터, 광기로부터 자신을 편안한 삶의 실험장에 머물게 하는 뒷간. 그곳에 쭈그리고 앉아 '참된 지식'으로서의 에피스테메를 상상하기는 쉽지 않겠지만, 적어도 참된 일상이나 참된 삶을 위한 몽상은 불가능한 일이 아니다. 경계인으로 살아가며 곡예사처럼 삶을 줄타기하는 현실에서 일체의 경계를 허물게 하는 이만한 공간을 찾기란 쉽지 않다. 그런 의미에서 불완전한 의식을 다스리고, 불안정한 내면을 추스르게 하여 자유의지를 샘솟게 만드는 뒷간이란 곳은 참 아름다운 공간이다.

와온 바다 섬달천 마을에서 형이상학적이고 아름다운 뒷간 담벼락을 보았다.

초여름 아침 햇살이 어머니가 누워 잠든 바다에 떨어져 반짝였다. 꽃의 갓털이 하얗게 세어버린 엉겅퀴 홀씨가 바람에 날려 바다에 떨어졌다. 먼 여행을 끝낸 홀씨가 뭍에 닿아 잠들면, 그 자리에서는 혁명이 시작될 것이다. 따지고 보면 뒷간이란 곳도 작은 혁명이 일어나는 자리다.

뒷간 담벼락을 보고 르 코르뷔지에가 만든 '롱샹 성당Notre-Dame du Haut, Ronchamp'의 담벼락인 줄 착각했다.

프랑스 시골의 작은 마을, 산속 구릉 위에 세워진 롱샹 성당에는 전기가 없다. 초원의 빛을 성당 내부로 끌어들여 빛의 성전을 건축한 것이다. 르 코르뷔지에는 롱샹 성당을 빛의 순례자를 위한 공간으로 만들었다. 햇빛이 성당 내부로 떨어지는 거룩한 순간, 누구든 빛의 세례를 받고 빛의 아름다움에 눈뜬다. 빛이 인간 내면에 잠든 빛을 일으켜 세우는 순간이다. 그는 세계의 덧없는 아름다움에 자연과 인간이 합일하는 건축예술, 즉 새로운 정신으로서의 예술 혁명인 '에스프리 누보Le Esprit Nouveau'를 꿈꾼 빛의 혁명가다.

빛의 묵시록이 조각되어지는 롱샹 성당의 벽은 순례자들이 빛을 찾아 여행을 떠나는 곳이다.

섬달천 갯마을 야트막한 언덕 골목 막다른 집의 뒷간 담벼락 한쪽 면

섬달천 마을 뒷간 담벼락

성스러운 햇빛은 먼 이국의 성당 벽이거나 바닷가 외딴 섬 달천 마을 담벼락이거나 가리지 않고 찾아와 음영을 만들어 잠든 눈을 뜨게 한다. 뒷간 담벼락 구멍은 자연적으로 햇빛이 드나들고 공기가 순환되게 만들었다. 생각할수록 놀라운 것은 갯마을 어부가 롱샹 성당의 담벼락과 같은 구조로 뒷간 담벼락을 지었다는 것이다. 뒷간 연대가 제법 오래된 것을 감안하여 어부가 그 전부터 르 코르뷔지에를 인지하고 있었다면 그는 건축예술에 꽤 조예 깊은 사람이겠으나, 그러한 혜안은 삶의 지혜가 베푼 것 같았다.

프랑스 시골의 작은 마을 롱샹 성당 담벼락

롱샹 성당 자리에는 원래 4세기경에 건립된 다른 성당이 있었으나 제2차 세계대전 중에 파괴되어, 1950년부터 4년에 걸쳐 새로 완공된 것이 지금의 롱샹 성당이다. 섬달천 마을의 뒷간 담벼락도 롱샹 성당 완공 연대와 비슷하거나 오히려 그보다 앞서 지어졌을 수도 있다. 옆집에 사는 아주머니 말에 따르면 자기 가족이 여자도汝自島에서 나와 이곳에 집을 지은 게 50년 전인데, 뒷간 담벼락 집은 자기가 오기 20여 년 전에 지어져 있었단 말을 들었다고 했다. 그러니 2019년에서 50년을 빼면 1969년이고, 거기서 20년을 더 빼면 1949년이 되니, 이 집 뒷간은 롱샹 성당보다 완공 연대가 앞선다.

놀라운 것은 시골 어부의 삶의 지혜가 근대 건축의 아버지로 불리는 르 코르뷔지에의 예술미에 뒤지지 않는다는 것이다. 뒷간에 전깃불이 없을 시대에 자연 채광을 뒷간에 끌어들였을 어부의 지혜가 더 놀랍다. 20세기의 건축 거장 르 코르뷔지에보다 탁월한 안목으로 건축 기법을 구사한 어부는 바닷가에서 태어나 평생을 어부로 살았다. 뒷간 담벼락이 있는 섬달천 마을은 바닷가 마을 중에서도 외진 곳에 있다. 지금도 이 마을에 들어가려면 달천 마을에서 바다 위로 난 달천교를 지나야 한다.

섬달천 마을 뒷간 안의 풍경. 담벼락 구멍 안으로 들이친 햇빛.

빛의 환幻J, 바깥을 떠돌던 빛이 뒷간 담벼락 구멍 안으로 빨려 들어오면 빛은, 어두운 세계를 잠식하고 있던 미세한 빛에 덧씌워진다. 빛이, 빛마저 미혹하는 빛의 세례! 빈집이 된 지 30년이 넘었다는 이 집의 뒷간 안은 완전한 식물들의 세계다. 사람이 쓰던 뒷간이건만 30년 넘게 방치된 이곳은 식물들의 완강한 저항으로 도저히 문을 열 수 없었다. 시간에 봉인된 뒷간은 식물들의 왕국이다. 간신히 간신히 한 뼘 정도 뒷간 문을 밀치고, 카메라 렌즈를 들이민 후 뷰파인더도 보지 못한 채 감으로 셔터를 누를 수밖에 없었다. 식물들은 거기까지만 내게 사진을 허락했다. 초록빛 잎과 줄기들이 뒤엉킨 세계는 마음이 가는 길 같았다. 마음으로 가는 길 저편에 빛의 진창이 웅크리고 있다.

롱샹 성당의 남쪽 파사드 담벼락

롱샹 성당 내부로 들이친 햇빛

어느 나라, 어느 도시, 어느 시골에서도 조형예술적으로 이렇게 아름다운 뒷간 담벼락을 보기란 쉽지 않을 것이다. 여명을 깨우는 첫새벽이면 바람에 실려 온 갯 내음이, 아침부터 저녁나절에는 이슬 젖은 풀 향기 솔솔 날 것이고, 햇살은 돌림노래를 부르듯 뚫린 구멍에 찾아들어 빛 잔치를 벌일 것이다. 밤이면 달무리를 지어 오는 환한 빛 무리가 담벼락 구멍에 여울질 것이고, 초승달이 뜨면 눈썹만 한 달빛을 담벼락 구멍에 떨굴 것이다. 외딴 갯마을 밤하늘을 수놓을 원시적인 별빛은 어디서 올까? 파란 바다에 숨어 있던 별들이 홀연히 밤하늘로 떠올라 우주 어딘가에 박히는 순간, 어부 가슴에도 오래된 소원 하나 반짝일 것이고, 별들은 담벼락 구멍에 총총 빛나는 집을 지을 것이다.

칸틀루브Canteloube의 〈오베르뉴의 노래Chants d'Auvergne〉 중 바일레로Bailero가 들려왔다. 프랑스 남부 산악 지방인 오베르뉴 고원의 맑은 정취가 느껴지는 이 노래는, 소프라노 네타니아 다브라스Netania Davrath의 음색을 통해서 소박한 고요함, 꾸밈없는 청순함, 순수한 슬픔의 한 절정을 느낄 수 있다. 이 곡에 관한 한 그녀의 노래가 가히 절창이라고 말할 수 있는 것은 오베르뉴 고원의 정경을 가장 순진무구하게 펼쳐 보이는 음색에 있지 않을까.

어디서 들려온 것인지, 어디서 불러낸 것인지 모르지만, 중요한 것은 섬달천 마을의 뒷간 담벼락 모습이 〈오베르뉴의 노래〉처럼 다시는 돌아갈 수 없는 순진무구한 정경을 노래하고 있다는 데 있다. 르 코르뷔지에의 말처럼 "풍경의 음향학"이라고 해야 할까.

싱싱한 풀을 찾아 떠도는 양치기 목동을 노래한 오베르뉴 지방의 민요나, 남도 바닷가 섬마을을 지키며 살아온 어부 집 뒷간 담벼락이나, 순례자가 부르는 노래가 들려오긴 마찬가지다.

노래에는 노래만 있는 게 아니고, 풍경에도 풍경만 있는 게 아니다.

〈오베르뉴의 노래〉에는 오베르뉴 지방 사람들의 이야기가 숨 쉬고 있고, 섬달천 갯마을 담벼락에는 바닷가 사람들의 이야기가 숨 쉬고 있다.

벽을 타오르는 담쟁이덩굴은 벽을 다 뒤덮지도 않고 네모난 구멍을 운치 있게 살려가며 풍경이 되었다. 예술적으로, 그러나 예술적이지 않게 예술을 조형화한 초록색 식물로 인해 담벼락은 쓸쓸함에도 생기를 얻었다. 식물의 예술성으로 인해 30년 넘게 인기척 끊긴 뒷간 담벼락이 초록 이파리를 타고 비상하고 있다.

담 아래쪽에는 갓 자란 담쟁이가 살포시 작은 구멍을 덮었고, 맨 위쪽에서 자란 담쟁이는 연초록 어린잎 줄기를 뻗어가며 한 줄기는 더 높은 곳으로, 또 한 줄기는 네모난 구멍으로 넌지시 들어와 이미 자리한 담쟁이 손을 잡으려 한다. 담쟁이도 또 다른 담쟁이 손을 잡고 싶은 모양이다. 하긴 식물이든 사람이든 손을 잡는다는 것은 누군가에게 아름다운 무엇이 되고 싶다는 신호다.

시멘트 블록이 드러날 정도로 덧칠한 시멘트가 떨어져나간 담 위쪽은 세월에 닳은 게, 내 삶을 보는 것 같다. 삶이란 시간 덩어리도 시간 스스로에게 닳고 헤져 손볼 곳이 많아지는 것처럼. 담벼락이나 인생이나 시간에 침식당할수록 수선할 곳이 많아져 어느 순간, 허물어진다. 안간힘을 써보지만, 시간을 이길 수 없다. 천년 제국이나 일흔이나 여든을 겨우 넘겨 살아가는 인생이나 별반 다를 게 없다.

담벼락에 침식된 바람의 소리, 천둥의 몸부림, 빗물의 두드림, 함박눈의 합창, 식구들의 이야기가 햇빛을 맞고 있다. 빛바래고 삭은 채 겨우 형태만 유지한 나무 문틀. 손을 대면 순간 모든 것이 무너져버릴 것 같은 모습이 박물관에 있는 어떤 보물보다 대견해 보인다. 나는 허물어지지 않고 빛나는 성채가 되어 바닷가 햇빛을 수집하는 뒷간 담벼락이 세상에서 가장 순수한 '순수 박물관' 같았다. 페인트칠하지 않은 함석 문에 빨강 글씨로 '화장실'이라고 쓴 것은, '이것은 화장실이 아니다'라는 인식을 전복시킨다. 얼핏 보면 헛간이나 작은 창고로 보는 게 맞을지 모르는 구멍 숭숭 뚫린 벽, 문에 '화장실'이라고, 그것도 빨강 글씨로 적었으니, 타이포그래피는 기호의 표상으로 사물을 구체화한다.

세월에 닳아 시멘트가 떨어져나간 모습은 내 삶을 닮았다.

사물은 사유의 그물망 속에 거미줄처럼 진을 치고 있지만 타이포가 그 의미를 잃을 때 해체된다. 타이포의 기구한 운명은 사물이 제 역할을 잃었음에도 여전히 그 의미로 작동하는 데 있다. '화장실', 저것은 화장실이 아니지만 화장실이다.

화장실. 저것은 화장실이 아니다.

모서리로 햇빛이 들이치고 있는 뒷간 담벼락.
정오가 지나면 저 담벼락 구멍으로 빛의 너울이 들이닥친다. 빛은 성당이나 뒷간이나
가리지 않고 들어와 우리를 성스럽게 한다.

뒷간을 이등분 하면 왼쪽은 뒷간이고 오른쪽은 잿간이다. 잿간에는 아궁이에서 퍼낸
재를 쌓아두는 곳이다. 어부는 달포에 한 번쯤이나 두서너 달에 한 번 담벼락 왼쪽 밑에
난 녹슨 함석 문을 들어내고 식구들의 똥을 퍼냈을 것이다.

햇빛이 들이치고 있다.

담벼락 가장자리부터 들이닥친 햇빛이 전체를 점령하는 건 순간이다. 점령군이 된 햇빛은 들이치자마자 사물 속에 박혀 무엇인가를 빛나게 해준다. 햇빛은 무엇인가에 부딪혀 누군가를 빛나게 할 때 아름답다. 담벼락에 부딪친 햇빛은 담벼락을 빛나게 하고 사람한테 부딪친 햇빛은 사람을 반짝이게 한다.

많지도 적지도 않은 딱 그만큼의 구멍을 기하 추상적으로 담벼락에 뚫어놓은 어부의 심미적 안목은 어디서 생긴 것일까? 수수한, 그러나 범상치 않은 담벼락을 건축한 어부의 미학은 어디서 배운 것일까? 곰곰이 생각하지 않아도 답은 자명해진다. 오래된 삶의 눈썰미가 어부에게 베푼 것이리라. 담벼락 구멍 하나하나마다 거센 바닷바람에 단련된 바람의 눈썰미, 파도의 눈썰미, 그물을 깁고 물고기를 잡으며 바다에서 단련된 억센 숨소리의 눈썰미, 자연에 순응하며 바다가 내준 것만큼 얻고 바다가 내준 길을 따라 살아온 삶의 지혜의 눈썰미, 때론 좌절하고 상처받고 분노하면서도 사람들과 바다 신과 달의 여신과 함께 생을 조율해온 낙관의 눈썰미가 깃들어 있다. 그것이 어부의 미학이고, 눈물 섞인 밥의 철학이며, 작은 배로 견인한 삶이다.

뒷간 담벼락 구멍 부분.
황토를 네모지게 빚어 뒷간 담벼락 구멍을 막았다 열었다 한 것은 한겨울의 추위를 막기 위한 방편이었을 것이다. 어부는 지혜롭게 추울 땐 황토로 구멍을 막았고 더울 땐 구멍을 열어 바람을 들이고 채광으로 뒷간 안을 밝게 했다. 오른쪽 구멍에는 황토 덩이가 떨어져나간 황토 빛 흔적이 그대로 남아 있다.

바닷가에서 난 각지고 길쭉하고 평평하고 뾰족하고 둥근 자연석들이 담벼락의 축대가 되어 뒷간을 떠받치고 있다. 자연석을 얼기설기 엮어 뒷간 축대를 만든 솜씨란 한눈에 보아도 편안하고 흠잡을 데 없을만치 아름답다. 시멘트 블록 담장 아래 축대를 자연석 돌각담으로 만들 생각을 하다니, 이 집 어부는 돌장이를 해도 좋았을 눈썰미를 지녔다.

　있는 그대로의 돌을 보면 기분이 좋아진다. 잘나고 못나고 가리지 않고 섞여 조화를 이루는 게 우리네 삶 같다. 원석을 하나하나 보면 무엇인가 될 것 같지 않은데, 무엇인가 될 것 같지 않은 제각각의 돌들이 모이면 무엇인가 만들어진다. 맥박이 뛰고 있는 돌의 숨소리가 들리는 것 같았다. 손을 대니 따뜻한 숨소리가 느껴졌다.

　견고해서 다른 것과 조화시키기 어려울 것 같지만 돌은 다른 무엇과 다른 누구와 놓아도 잘 어울린다. 그것은 돌의 심성이 강한 것 같지만 온유하고, 차가운 것 같지만 따뜻하고, 이기적일 것 같지만 이타적이기 때문이다. 뒷간 담벼락을 떠받친 서로 제각각인 돌을 보며 사람살이도 그럴 것 같았다. 타자를 이해하기 어려운 게 사람이고, 설령 오랜 세월 타자를 안다고 해도 어느 순간 이기심에 상처받는 게 사람이지만, 그래도 뒷간 담벼락을 떠받친 울퉁불퉁한 돌들처럼 결국 한데 뒤섞여 조화를 이룰 때, 서로를 빛나게 해주는 사람이 되는 것 같았다.

뒷간 담벼락 집 옆의 밭에 핀 강낭콩 꽃과 강낭콩 열매, 옥수수

　　뒷간 담벼락을 뒤로하고 나오는 길에 바다가 보이는 언덕 콩밭에는 분홍빛 강낭콩 꽃이 가득 피었고 너른 옥수수 잎사귀가 초여름 바람에 바다처럼 출렁거렸다. 언젠가는 시간에 의해 해체당하는 것이 사람과 집의 숙명이다. 그것은 시간에 지배당하는 것들의 숙명이며 시간마저 저 스스로에 의해 해체되며 시간의 섬으로 나아간다. 시간에 의해 해체된 사물의 자리에는 언제나 그렇듯 꽃이 핀다.

　　보름 뒤 다시 섬달천 마을의 뒷간 담벼락을 찾았을 무렵 강낭콩 밭에는 꽃이 지고 제법 실한 꼬투리가 도톰한 콩을 품었다. 허기진 속을 햇 강낭콩으로 지은 밥을 먹고 싶었다. 김이 모락모락 오르는 따뜻한 밥에 보석처럼 박힌 강낭콩 밥 말

바람 부는 날에도 햇빛 수집하는 순수박물관으로 햇빛을 날라다주는 와온 바다.
햇빛은 바닷물에 실려 은연한 빛을 띠고, 물기 머금은 햇빛은 다시 공기에 부딪쳐 투명한 광채
를 낸다. 와온은 그냥 바다가 아니라 바다에 잠든 어머니가 빛을 품어 열 달쯤 뒤에 내보내는
따뜻한 빛살무늬 바다다.

이다. 빈집에 살았을 바닷가 어부의 아내가 아궁이에 불을 때 무쇠솥에 지은 밥을 얻어먹으며 바다 이야기를 듣고 싶었다.

바다가 생채기를 낸 삶 이야기와 그럼에도 불구하고 바다와 살아야 했던 숙명 같은 이야기 말이다.

100년 된 담장과 100년 된 장독 사이
머윗대 올랐다

―심심深深한 풍경의 미학

창평에 가면 그리운 담장이 있다.

100년 된 담장에는 바람이 이골 나게 지난 길의 흔적이 있다. 어머니의 어머니가 할머니의 어머니가 햇빛을 쓰다듬어 장을 만지던 100년 넘은 장독대가 있고, 봄이 오면 소롯이 언 땅을 뚫고 올라온 머윗대가 가난한 식구들을 먹여 살리고 있다. 초록 바다 같은 머윗대가 없었다면, 머윗대를 성채처럼 비추는 햇빛 한 자락 없었다면, 담장은 조금 더 쓸쓸해 보였을 것이다.

밥상 앞에서 데친 머윗대 한 잎을 펴 들면 세월에 금 간 수만 갈래의 손바닥 주름과 내 가난한 영혼도 초록색으로 물든다. 사람이 초록 물고기처럼 싱싱해지는 시간이다. 데친 머윗대에 밥을 한 술 떠놓고 저 장독에서 곰삭은 된장을 그 위에

엎고 입을 크게 벌려 한 잎 물면, 누구든 선한 인간으로 되돌아온다. 데친 머윗대 쌈밥이 철학이나 문학, 정치보다 위대한 것은 겨울 언 땅을 뚫고 올라온 초록빛 생명이 사람의 몸과 정신에 새 숨을 불어넣기 때문이다. 칸트는 『도덕형이상학』에서 인간이 양심적이기 위해서는 무엇을 해야 하는가를 말하며 "선한 것은 무엇인가?"라는 질문에 "무제약적으로 선하고자 하는 의지der unbedingt gute Wille"만이 선한 것이라 말했다는데, 칸트가 저 담장 밑에서 올라온 머윗대 쌈밥을 먹을 수 있었다면 관념적이고 형이상학적인 말 대신 선한 인간이 되는 것은 참 쉬운 일이라고 했을지도 모른다. 한번은 저 집 어머니가 머윗대에 양파를 썰어 넣고 약간의 고춧가루에 참깨 식초를 넣고 손끝으로 살살 무쳐주셨는데, 새콤 쌉싸름한 맛이 오랜 여운으로 남았다. 봄이면 산들바람 타고 내려온 연초록빛 신들이 저 담장 아래서 성찬을 즐기는 것을 볼 수 있다. 봄빛이 초록에 물들어갈수록 세상 사는 맛도 깊어진다. 봄이면 담장 밑에서 무시로 올라오는 머윗대 새순이야말로 낮은 곳에서 미소 짓는 보살의 모습을 닮았다. 허리 숙여 툭 툭 손으로 따서 한 손에 부챗살 모양으로 쥐고 우물물에 휘적휘적 흔들어 씻어 무쇠솥에서 밥이 뜸 들 때 살짝 엎으면 그만이다. 초록으로 물든 밥과 김이 모락모락 오르는 머윗대를 맛볼 수 있다면 봄은 소박한 아름다움에 물들 것이다.

창평의 100년 된 담장과 100년 된 장독

담장은 집과 집, 사람과 사람 사이를 경계 지어 외따로 두는 섬이 아니다.

그러나 사람과 사람 사이에 섬을 만들어 존재에 대한 명상을 하게 하는 게 담이다. 담이 없었다면 내밀한 공간이 내면에 생겼을 리 없고 좀 더 사색적인 시간을 가졌을 리 또한 없을 테니, 담이란 사람의 내면과 외면에 난 보이지 않는 경계선처럼 사람과 사람, 집과 집 사이에 그어진 길이다.

마을 골목길 걸어가다 고개 돌리면 옆집 돌이네 마당과 평상, 툇마루, 화덕에 걸어놓은 솥단지가 보이고, 밥상에 무슨 반찬이 올랐는지, 저 집 숟가락과 젓가락이 몇 개인지 훤히 알 정도로 낮은 담장은 누군가에게 가는 또 다른 길이다. 내가 너한테 가는 길에 핀 꽃이다. 햇빛과 그늘이 손수 지어준 무명 저고리이며 자주 치마다. 담장은 집과 집 사이 난, 조금은 고독해도 좋을 존재 방식이다. 높지도 낮지도 않게 모나지도 까다롭지도 않게 서서 단아하되 기품 있고 부드럽되 힘이 느껴지게 있는 담은 어머니 눈썰미처럼 정겹다. 햇빛도 드나들기 알맞고, 바람도 담을 타 넘어오기 좋은, 그리하여 여름날이면 먼 우주에서 떨어지던 빗줄기가 허허로운 허공을 내려오다 산에 걸려 초록 빗줄기로 변신하는 걸 볼 수 있는 담장은 나와 세계를 인식하는 자연의 창이다. 툇마루에 앉아 눈을 들어보면 야트막한 담장 너머 산봉우리가 차오르고 비가, 빗줄기가 산에 걸린 풍경이 마음에도 작은 산수화를 그리는 오후. 담장도, 장독도, 봄날의 머윗대도 함께 풍경을 보고 모두 풍경이 되는 한가한 오후. 여기선 사람도 풍경의 일부일 뿐이다.

장욱진의 그림 〈독〉을 볼 때마다 창평의 오래된 담장 앞에 있는 독이 생각났고, 머윗대가 싱싱하게 올라온 100년 된 담장 앞 해묵은 옹기를 볼 때마다 장욱진의 수더분한 〈독〉이 떠올랐다. 지금은 시골에나 가야 겨우 볼 수 있는 큰 '독'이지만 예전에는 서울 어느 집에서나 장독대를 흔히 볼 수 있었다. 유년 시절을 보낸 경복궁 옆 체부동이나 통의동 한옥에 살 때 숨바꼭질을 하며 장독대 커다란 독 뒤에 꼭꼭 숨었던 기억이 되살아 왔다. 어린 눈으로 보던 큰 독은 신비한 단지 같았고, 빈 독 안에 몰래 들어가 올려다보던 파란 하늘은 또 다른 놀이터였다. 담장으로 집의 경계를 지어놓은 서울의 오밀조밀한 한옥에는 으레 귀뚜라미가 살고 있는 어두컴컴한 광이 있고, 광 위에는 좁은 계단으로 올라가는 장독대가 성전처럼 자리 잡고 있었다. '독', '장독', '항아리', '옹기'라는 정겨운 이름으로 불리던 그것들을 할머니나 어머니는 물행주로 정성스레 닦으셨다. 햇살 눈부신 날이면 장독대에 놓인 크고 작은 독들은 햇빛보다 더 반짝반짝 빛났다.

장욱진은 조선 여인들이 장독에 받친 심성을 소박하고 담아한 크기의 캔버스에 옮겨놓았다. 어떤 기교나 장식도 없이 캔버스에 가득 찬 커다란 독은 밤하늘에 덩그마니 떠 있는 둥근달 같았다. 그건 '독'의 우주였다. 밤이면 우주처럼 헤아릴 수 없는 별을 품고 있는 것 같으면서, 때로는 진공상태의 우주처럼 텅 비어 있는 무–허무를 품고 있는 것 같으면서, 어머니가 지상에 지어놓은 무늬처럼 무수한 이야기의 실타래를 칭칭 감고 있는 것 같은 독!

이중섭이 우수 어린 큰 눈망울을 품은 〈소〉를 그려 조선 사람의 심성을 소에 투영시켰고, 김환기가 포스트모던한 추상 미술로 〈어디서 무엇이 되어 다시 만나랴〉를 통해 별을 우러르는 동경을 철학적 화향畫香으로 캔버스에 새겼다면, 장욱진은 〈독〉 그림 하나만으로도 우리가 간직해온 숨결과 맥이 무엇인지 소박하고 투박하게 담았다. 고대 그리스 조각상에 찬사를 보낸 빈켈만J. J. Winckelmann의 표현을 빌려와 말한다면 장욱진의 〈독〉이야말로 "고귀한 단순과 고요한 위대Edle Einfalt und stille Größe"라는 말에 꼭 어울린다고 생각했다. 특히 가로 45cm 세로 37.5cm의 자그마한 캔버스에 꽉 차게 들어앉은 독은 무기교의 극치를 맑고 아담하게 보여주는, 담아淡雅의 미를 표상한다. 그림을 확대해보지 않더라도 독의 마티에르matière(재질감)가 주는 균열미란 얼마나 아름다운지. 질박한 저 〈독〉을 가만히 바라보면 볼수록 '아주 깊고 깊다'라는 뜻을 담은 '심심深深'하다 란 말에 빠져 들어간다. 어느 토담집 담장 앞에서 깊은 사색에 잠긴 사람의 얼굴로 무심한 듯 무심하지 않은 듯 반가 사유의 어머니 모습인 독 밑에는 까치 한 마리

가 눈을 동그랗게 뜨고 총총 걸어간다. 황토색 바탕 모서리에
는 초록 잎을 단 작은 나무 한 그루가 비스듬히 있고, 그 나무
뒤에는 어슴푸레하지만 점점 환해지는 것 같은 보름달이 떠
오르고 있다. 달이 뜨는 하얀 밤 소쩍새가 울 무렵 장독은 무
슨 생각에 잠긴 것일까. 까치는 또 어디로 가는 중일까. 독의
빛바랜 흙냄새가 바람결에 묻어오는 시간, 소쩍새는 울고, 까
치는 어디론가 무심히 발걸음을 옮기고, 어머니가 누군가를
부를 것만 같다.

　오래된 담장과 해묵은 독이 있는 집 마당에서 환청일지도
모를 브람스의 〈클라리넷 5중주〉를 들었다. 바람을 끌고 가
는 소리 같기도 하고, 꽃을 끌고 가는 소리거나 시간을 끌고
가는 소리 같은 클라리넷 음색. 시간의 침묵이 오랜 세월 곰
삭아서 내는 깊고 맑은 울림이다. 창평 대숲에서 불어오는 봄
바람이 100년 된 담장의 흙과 돌과 담쟁이 줄기에 얽혀들고
100년 된 장독에 부딪쳐 내는 소리일 것이라고 생각했다. 나
는 오랫동안 이 집 마당을 서성이며 낡은 담장과 커다란 장독
가를 떠나지 못했다. 담장 색깔처럼 잿빛으로 머리를 쪽 찐
할머니가 장독 가장자리에 올라온 머윗대를 한 소쿠리 뜯어
오셨다. 할머니는 부엌에서 검은 비닐봉지를 하나 갖고 오시
더니 그 많은 머윗대를 담아주시며 지금 데쳐 먹으면 약이 된

다고 하셨다. 이런 풍경을 본 것만으로도 평생 잊지 못할 일인데 그 귀한 머윗대까지 처음 본 사람한테 주시다니 눈물이 핑 돌았다. 이 마을을 찾아 오래된 담을 바라보는 것만으로도 은하수 어느 낯선 별에 와서 신천지를 보는 것 같았다. 하지만 어느 해 다시 창평 삼지내 마을을 찾았을 땐 시간의 풍상을 간직한 나지막한 담장들은 모두 사라지고 회칠 냄새 짙은 새 담장들이 들어섰다. 내가 보았던 100년 된 담장과 100년 된 장독대는 달나라로 이사를 갔다. 오래된 담장 곁에서 흙냄새도 맡고 곰삭은 시간이 들려주는 이야기를 들으며 미적인 것은 무엇이며 아름다움에 눈뜬다는 것은 또 무엇인지 곰곰이 생각하던 일은 아득한 추억으로만 남았다.

달천 마을 밤의 여왕 집 담벼락

와온 바다는 미_美의 섬이다.

사람들은 저마다 마음속에 미의 섬 한둘쯤 두고 살아간다. 누가 나에게 미의 섬을 묻는다면, 젊은 카잔차키스의 영혼에 예술미를 심어준 크레타나, 칸트와 브람스와 김광석의 〈서른 즈음에〉 얘기를 진지하게 나누던 함부르크 대학 앞 주점 브람스 캘러나, 시인 라이너 마리아 릴케와 화가 파울라 모더 존베커 같은 예술가들이 밤새 예술에 대해 토론을 했던 1900년 초의 예술가 마을 보르프스베데를 들 수도 있으나, '화포花浦'와 '와온臥溫'이라고 대답할 것이다.

화포는 지그시 아름다운 바다고 와온은 처연한 온유함이 빛나는 바다다.

바다는 근원적으로 장엄미와 쓸쓸한 정서를 불러일으키기

해저물 녘 와온 바다 미의 섬

마련이지만, 봄날의 화포에는 신들이 내려와 살 것 같은 신비한 외경이, 해거름 녘 와온에는 어머니 무명치마 덮인 물 위를 걷게 하는 마력이, 은근슬쩍 나를 잡아끈다. 어찌 보면 별것 아닌 풍경일 수도 있지만 낯익은 것을 조금 낯설게 바라보면, 낯선 공간으로 유혹하는 탄식이나 두려움, 연민이나 동경 같은 것들이 있다. 누구든 우연한 기회를 포착한 순간 심미적 눈이 떠진다. 해마다 첫봄이 오면 마법에 걸린 사람처럼 화포를 찾아 신들이 내려온 풍경을 만나고, 와온에서 쓸쓸함의 극한 점들이 찍혀 온유해진 물빛을 사뿐히 걷는 것도, 내 안에 잠든 심미적 눈을 뜨기 위해서다.

어두운 밤바다에 어슴푸레 밝아오는 별 몇 개가 희미하게 빛나던 화포를 처음 간 것은 1998년 가을 무렵이고, 와온은 한 세기가 바뀔 무렵이다. 특별한 것도 없는 궁색한 갯마을 화포와 와온을 해마다 순례하는 것은, 미를 숭배하지 않는 내 영혼이 미적인 '것'을 찾았기 때문이다. 글을 쓰거나 사진을 찍거나 그림을 그리거나 예술을 하는 건달들에게 순정한 빛에 물든 바다는, 바다이며 섬이고, 섬이면서 바다인, 미의 섬이다.

나는 섬에 가고 싶을 때 잠시 역마의 방랑을 이 바다에 내려놓고 섬이 된다.

한여름 밤의 꿈을 꾸기 위해 미의 섬에 갔다가 달천 마을에서 밤의 여왕 집을 보았다.

보이는 집은 형태일 뿐 실제 밤의 여왕은 보이지 않는 이데아 왕국에 있다. 보이는 것이 전부가 아니며 설령 보인다고 해도 실체는 아니다. 정말 중요한 것은 물物 자체가 아니라 보이지 않아도 그 존재를 사유할 수 있는 마음이다.

밤의 여왕은 해가 뜨면 보랏빛 달덩이 꽃, 수국으로 변신한다.

밤새 이데아 왕국에 가 있던 밤의 여왕은 달을 품고 집에 돌아와 달덩이 꽃이 된다. 가늠할 수 없는 보랏빛으로 꽃 속의 꽃을 만들어 우아하고 화려해 보이지만 고독한 참회록을 쓰고 있는 밤의 여왕 꽃, 수국.

꽃 중에서도 수국은 변신의 여왕이다. 연보라색에서 푸른색으로, 연분홍색으로 변신한 밤의 여왕은 수국 몸을 빌려 이 세계와 저 세계를 오간다. 사람에게도 이 세계와 저 세계를 오갈 수 있는 밤의 여왕이 숨어 있지만, 시간에 떠밀려 바삐 살다 보니 밤의 여왕도 동화 같은 삶도 잃은 지 오래다.

길을 걷다 보면 우연히 들른 마을에서 결정적인 풍경과 마주칠 때가 있다.

아무도 보이지 않는 바닷가 마을 한적한 골목길을 걷다 예술적인 것에 감전당했다. 예술적인 공기는 숨을 막히게 하는 감전을 동반한다. 담벼락 끄트머리에 작은 소쿠리만 한 수국 여러 송이가 소담스레 피어 있고 여백 좋은 빈담 가득 마른 갈색의 넝쿨 줄기가 뻗쳐올라 있었다.

적절히 무르익은 초여름 오후의 햇빛과 시간의 깊이와 순간 정적을 몰고 오는 바람, 이르지도 늦지도 않게 꽃 핀 시기의 절묘함, 피사체에서 느껴지는 노스탤지어, 그리고 풍경의 진동에 반응하는 마음이 예술의 결정적 장면을 낚아채어 사진이라는 우연의 시학을 탄생시켰다. 우연히 이런 풍경과 접선하게 되면 횡재수가 뻗친 날이다.

갯마을 밭에도 감자 꽃이 피고 감나무마다 밤톨만 한 감이 달리고 토란 알만 한 무화과 열매가 열렸다. 보랏빛 수국뿐 아니라 이맘때가 되면 지상의 모든 꽃과 나무, 벌레, 고양이와 개, 사람들은 뻐꾸기 노래를 듣고 후투티가 전해준 소리의 아름다움에 한 뼘 더 큰다.

햇볕이 구름에 숨었다 나오면서 강하지 않게 수국 핀 담벼락에 얼룩졌다.

강하게 내리쬐는 빛이나 화사한 빛보다 음영을 드리운 빛은 피사체에 깊이를 더해주는데, 마침 빛살마저 두 겹의 무늬를 주니 이럴 땐 빛이 보살이다.

바닷가라지만 바람도 잠들어 사진 찍기 좋은 날이다. 검푸른 달무리 무늬가 눈을 휘감은 잿빛 북실북실한 고양이가 나를 바라보고 있다. 꼼짝 않고 앉아서 담벼락에 사진기를 들이댄 이방인을 신기한 듯 바라보지만 정작 신기한 것은 고양이다. 수국으로 변신한 밤의 여왕 호위병처럼 꽃 주위를 떠나지 않는 고양이.

수국이 색의 변주를 연주하듯 변하고 있었다. 만약 수국이 막 피기 시작했다면 빛깔이 설익어 단조로웠을 것이고, 빛깔이 무르익어 완연한 색의 잔치를 벌였더라면 꽃에서 서러움이 물들었을 것이다. 그러나 담벼락 위쪽 수국은 막 피어나 청초하고, 가운데 수국은 청초함에서 보랏빛으로 물들어가는 여인의 마음 같은 꽃이 피었고, 맨 오른쪽 수국 세 송이는 짙은 보라색의 향연을 보이고 있으니, 바다 신의 조율인지 밤의 여왕의 마법인지 했다.

수국 핀 담벼락을 심미적으로 보이게 하는 건 텅 빈 담을 타 오르는 마른 갈색의 넝쿨 줄기들이다. 나는 담에 핀 아름다운 수국보다 폐허로 보이는 마른 넝쿨 줄기들에서 '심미적인 것ästhetische'을 보았다.

만약에 탐스러운 수국이 초록 잎 무성하게 담을 덮었더라면 아름다운 담장은 됐을지언정 결코 심미성에는 이르지 못했을 것이다. '심미적인 것ästhetische'은 '아름다움Schnöheit'의 온

와온 바다 달천 마을 밤의 여왕 집 담벼락

상을 넘어서는 불협화음으로부터 온다. 불협화음이 보내는 진동, 불협화음이 발산하는 색깔, 불협화음에 내재된 정신은 끊임없이 아름다움의 껍질을 파괴하고 나오려 한다.

자연스럽게 담을 분할하여 한쪽 구석에 색이 변주되는 수국을 꽃 피우고, 텅 빈 담벼락을 가득 채운 마른 넝쿨 줄기들은 꽃 피운 것과 꽃 피우지 못한 것의 경계를 장엄하게 보여준다. 꽃을 피운 것과 꽃을 피우지 못한 것은 아름다움의 차이가 아니다. 그것은 현상일 뿐이다. 현상으로서의 아름다움은 순간이다. 예술이든 사람이든 꽃을 피웠지만 아름답지 못한 것은 내면에 심미적 사유로서의 아름다움이 없기 때문이고, 꽃을 피우지 못했지만 아름다운 것은 내면에 심미적 사유로서의 아름다움이 있기 때문이다.

마른 넝쿨 줄기들은 담벼락을 뚫고 나와 강인한 생명력으로 벽을 타 오르고 있었다.

벽을 뚫고 나와, 벽에, 줄기에서 나온 거미손 같은 잔뿌리를 밀착하여 떨어지지 않게 하고, 벽을 타 넘어 허공에 멈춰선 마른 넝쿨 줄기들. 길이 보이지 않아서일까, 그럼에도 불구하고 허공에 길을 내는 중이었을까. 중력을 거슬러 올라 허공을 밟으며 길을 내는 마른 넝쿨 줄기들은 중력마저 의식하지 않고, 마침내 중력과 중력 사이에도 길을 내고 있다.

길은

보이지 않는 곳에도, 중력에도, 사이에도

있다.

그들은 내게 질문했다.

"삶을 무엇이라 생각하는지?"

나는 대답을 하지 못하고 머뭇거리다가 벽을 뚫고 담을 타오른 마른 넝쿨 줄기들의 물음을 내 안의 벽에 새겼다. 마른 넝쿨 줄기들이 온몸으로 벽을 뚫어 길을 내고 벽을 타 넘어, 마침내 길이 되는 것이 경이로워 묵음으로 대답할 수밖에 없었다.

사진을 다 찍고 난 뒤 티베트인들이 바람 신에게 경배하듯, 수국 핀 담벼락과 벽을 뚫고 나와 담을 휘감아 타 오르는 갈색의 마른 넝쿨 줄기들과 저만치 앉아 나를 바라보는 신비한 고양이한테 두 손을 합장하고 고개 숙여 절을 했다.

달천 마을 밤의 여왕 집 담벼락에서 본 것은 시간에 생긴 균열이었다.

담벼락에 걸려 있는 금 간 시간은, 시간에 의해 해체되어갔다. 담벼락을 뚫고 나온 식물 뿌리와 줄기는 허공에 기대 시간에 부식되어졌고 연보랏빛 수국 꽃만이 시간을 증언하고 있다. 살바도르 달리가 〈기억의 지속〉에서 그림 중앙에 슬그머니 초현실적으로 자신의 얼굴을 그려 넣고, 긴 속눈썹 밑에 시간에 지쳐 녹고 있는 시계를 그린 것처럼, 달천 마을 밤의 여왕 집 담벼락에도 시간을 이기지 못한 시계가 녹고 있었다. 밤의 여왕 세계에는 달리의 그림에서 본 시계들처럼 시간이 나뭇가지에 걸려 있기도 하고, 시계가 사람들 얼굴에 문어처럼 붙어 시간을 빨아들이고 있다. 달리의 세계에서처럼 밤의 여왕 세계에서도 시간은 지속되지 않고, 기억 또한 지속되는 게 없다. 어린 시절 달리는 죽은 박쥐 위에 개미들이 떼를 지어 다니는 것을 보고 충격을 받았다고 한다. 달리의 모든 작품에서 개미가 부패나 죽음을 의미하는 것도 그런 이유일 것이다. 〈기억의 지속〉에서도 주황색 시계에 개미들이 바글거린다. 시간의 부패, 시간의 죽음이란 지상에 사는 모든 것의 덧없음을 상징하는 것이 아닐까. 수국이 한창인 밤의 여왕 집 담벼락에도 개미들이 떼를 지어 다니고 있었다. 시간에 노쇠해진 밤의 여왕 집 담벼락이 현실의 길에서 본 꿈의 장면 같다.

밤의 여왕 집 담벼락 밑을 뚫고 나와 뻗어 오른 마른 나무 줄기들이 고대 지혜의 상징인 감람나무 같았다. 〈기억의 지속〉에도 마른 나무가 있는데 스스로 '나는 초현실주의자다'라고 말한 달리는, 현실을 경멸하는 방법으로, 올바른 지혜가 더 이상 존재하지 않는다고 믿었기에 죽어버린 마른 감람나무와 녹아내리는 시계를 가지에 걸쳐 놓았다. 지혜를 상징하는 마른 감람나무는 녹아내린 과거의 시간 속으로 먼 여행을

살바도르 달리, 〈기억의 지속〉, 1931

떠났다는 의미일까. 밤의 여왕 집 담벼락도 수국이 시들면 무의식 저 너머로 사라져버릴 것만 같았다.

달리의 그림에서 내가 읽은 것은 현실을 초월하는 이미지가 아니라, 현실을 조금 더 깊이 자각할 수 있는 마음이었고, 밤의 여왕 집 담벼락에서는 아직 보지 못한 것을 무의식에서 찾으려는 마음이었다.

달천 마을 담벼락 집에 사는 밤의 여왕을 만날 순 없었다. 그녀도 달리처럼 다른 차원의 시간을 찾느라 별로 떠났고 집에는 담벼락 가득 마른 가지를 뻗쳐오르게 하고 수국 꽃을 피워 자신이 왕국을 지배하는 것처럼 해놓았다. 나는 담벼락 밖에서 밤의 여왕이 사는 곳을 기웃거렸다. 그래도 세상이 살만하다고 여기는 것은 신비한 담장을 만나서 꿈을 꿀 수 있었기 때문이다. 비록 밤의 여왕이나 살바도르 달리처럼 다른 차원의 시간을 찾지는 못했지만, 나의 꿈자리, 무의식 어딘가에는 이미, 또 다른 차원의 시간이 별빛처럼 반짝이고 있음을 느낀다. 나는 그 징조를 달천 마을 밤의 여왕이 사는 집 담벼락에서 보았다.

베를린장벽과 핑크 플로이드의 〈The Wall〉
die Mauer, the wall, le mur,
El muro, ll muro
13.8.1961−9.11.1989. Berlin

길은 걸어가기 위해 존재하고

벽은 넘어서기 위해 있다.

길은 벽이 되기도 하지만

벽은 길을 막지 못한다.

길 속의 길이 벽에 길을 내고

벽 속의 잠든 길이 길을 부른다.

길과 벽

벽과 길

그것들은 하나에서 나와

떨어져 살다가 다시

길

하나로 수렴되어진다.

민들레 홀씨나 엉겅퀴 갓털이 바람보다

먼저 날아올라 꽃을

피우지 않는 벽이 없듯

길의

꽃씨 품은

벽도

길이다.

세상의

모든 장벽에는

길의

씨앗이

숨 쉬고 있다.

길을 내려고 나아가던 사람들은 벽에 가로막혀 그만 벽이 되었다.

그러나 벽 속에 갇힌 사람들은 햇볕 한 줌 잡으려 벽 밖으로 한 쪽 팔을 뻗기도 하고, 얼굴을 들이밀어 자유로운 공기에 눈을 맞추기도 하고, 한 발을 허공에 디뎌 길을 만들었다. 벽 속에는 눈동자만 반짝이는 사람들과, 누군가의 손을 붙잡으려는 듯 안간힘 쓰던 손과 장벽 밖으로 한 발만 성큼 내민 사람들과, 철조망에 찢긴 채로 길을 내려고 몸을 반만 내민 사람들 모습이 즐비했다.

어머니와 딸이 함께 장벽을 넘다 벽 속에 갇혀 돌이 된 모습과 연인으로 보이는 남녀가 손에 손을 잡고 뛰어가다 벽에 막혀 벽이 된 모습과 아버지가 어린 딸을 안고 달려가다 벽을 넘지 못하자 딸아이만 겨우 바깥 세계로 보내고 자신은 벽 속에 갇히고만 모습이, 형이상학적으로 부조되어 있었다. 비록 눈에 보이진 않았지만 벽에 부조된 모습들은 심장이라는 거울에 선명하게 비쳤다.

베를린 장벽은 동화 속 거인 같아 보였다.

거인은 외눈박이였지만 슬퍼 보이지 않았던 것은 몸에 낙서된 그라피티_{graffiti} 때문이다. 어느 원시인이 그린 벽화 같기도 하고, 나일강가에 사는 이집트인이 쓴 상형문자 같기도 하고, 먼 우주에서 외계인이 인간에게 보내는 신호 같기도 했다.

차가운 콘크리트 덩어리를 이토록 따뜻하고 아름답게 채색한 이름 모를 이들의 낙서는, 27세로 요절한 천재 그라피티 화가 장 미셸 바스키아나 키스 헤링, 로빈 뱅크시, 장 뒤뷔페의 예술작품들보다 훨씬 더 예술적이고 인간적이었다. 인간 이성을 통제한 이데올로기에 침을 뱉고 자유를 억압한 정치권력에 반기를 들어 조롱하며, 콘크리트 장벽에 낙서를 한 이름 모를 이들은 자기가 생각하는 이미지를 그리고 자유

13.8.1961~9.11.1989. 베를린 장벽

Freiheit를 돌에 새기기 위해 스프레이를 뿌렸다.

이름 모를 이들이 베를린 장벽에 그린 그라피티는 그림이 아니고 언어가 아니고 꿈이었다.

꿈이 그들을 해방시켰다.

벽에 막혀 한 발짝도 앞으로 나가지 못하고 벽 속에 갇혔을 때 그들은 몸으로 꿈을 꾸었다. 내 책상 위에 놓인 조그만 돌조각을 '브란덴부르크 토어' 주변 노점에서 5마르크를 주고 샀는지, 장벽이 남아 있는 거리 가게에서 7마르크를 주고 샀는지 모르지만, 신화 속의 신탁을 받은 물건처럼 온기가 느껴졌다. 벽에 갇힌 수많은 이들의 꿈 때문일 것이다.

베를린 장벽이 무너진 날, 사람들은 발을 구르며 망치로, 도끼로, 해머로, 장벽을 내려치며 자유의 아름다운 광란을 일으켰다. 그때 연기처럼 부서져 흩어진 작은 돌조각들은 기념품이 되어 팔렸다. 사람들이 해머를 휘둘러 무너뜨린 것은 사실 장벽이 아니라 이데올로기였다. 이데올로기의 상징이던 돌조각에서는 허무한 냄새가 났다.

하얀 벽 바탕에 "The Wall"이라고 인쇄된 핑크 플로이드 Pink Floyd의 LP 재킷이 있다.

핑크 플로이드는 이데올로기에 짙게 배인 음울한 허무의

냄새를 맡고 허무의 종말을 노래한 록 그룹이라고 할 수 있을 것이다.

그들의 앨범 재킷은 단순하지만 그것에 내포되어 있는 선동적인 요소는, 부르주아 이데올로기에 대한 반동으로 세상과 사람, 사람과 사람 사이에 거미줄처럼 쳐놓은 벽을 허물려는 것을 은유적으로 노래한다.

핑크 플로이드의 LP 앨범 재킷 〈The Wall〉(1979)

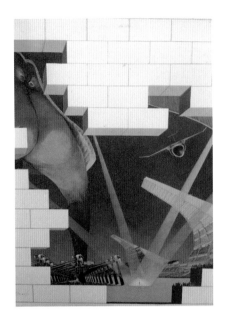

핑크 플로이드의 LP 앨범 재킷 〈The Wall〉의 속지 디자인

　프로그레시브 록progressive rock의 전설이 된 밴드 핑크 플로이
드는 세상의 모든 벽에, 〈The Wall〉이란 노래의 포고문을 붙
여, 벽이란 이데올로기를 균열시키고자 반기를 든 전위다. 그
러나 그들은 사회주의자도, 공산주의자도, 몽상주의자도, 무
정부주의자도 아니다. 그들이 본 것은 벽이란 장막에 드리운
허무였다. 세계의 벽은 거대해 보이지만 그 안은 진공상태 같
아서 허무로 가득 차 있다. 핑크 플로이드는 벽 속의 허무란

진공 에너지를 신선한 공기로 바꾸려 했다.

　프리즘을 투과한 빛에서 보이는 무지개처럼, 세상의 벽에 록이란 노래의 빛을 쏘아, 무지개 꽃을 피우려 했던 핑크 플로이드(재미있는 것은 1973년에 발표되어 히트한 핑크 플로이드의 앨범 〈The Dark Side of the Moon〉의 LP 재킷 역시 프리즘을 투과한 빛이 무지개 스펙트럼을 만드는 이미지다).

　그들은 다다이스트나 초현실주의자들처럼 세계에 존재하

는 벽을 전복시키려고 강렬한 사운드에 사회성 짙은 메시지, 철학적인 가사를 실어 노래하고, 무대를 예술적으로 꾸몄던 아방가르디스트들이다. 핑크 플로이드는 진보progressive한 형태를 띠는 록 음악이 현대인의 억압된 실존을 해방한다는 것을 노래로 보여주었다. 인간 내면의 고독한 자화상부터 20세기 자본주의가 낳은 병폐—전쟁, 인종주의, 획일적인 교육제도, 독재, 소외, 파시즘—까지 거침없이 담아내는 핑크 플로이드의 록 사운드(〈The Wall〉)가 우리를 인문적인 성찰에 이르게 하는 것은, 세상의 벽을 허물고 자아를 만나려는 외침 때문이다. 이 세상에 아름다운 벽이란 존재하지 않는다. 벽은 우리를 현재에 머무르게 하지 않고, 벽을 허물고 끊임없이 나아가게 한다.

베를린 장벽

담의 '화양연화'

소리 없이 시간이 지는 것을 보았다.

파란 하늘 아래 봄이 지는 시간은 고요했고 지나는 사람도 없었다. 아무도 눈길 주지 않는 시골 골목 모퉁이에서 동백은 하염없이 지고 붉은 연정은 어떤 그리움인지 흙마저 물들이고 있었다. 이건 시간이 지는 게 아니고 한 우주가 지는 것이다. 꽃의 우주 말이다. 어느 별에서 왔는지 모르는 사람들처럼 어느 우주, 어느 별에서 왔는지 모르는 저 꽃의 낙화.

동백은 시골 마을 외딴길에서 사람들 발걸음에 꽃이 되어 주었다. 동백은 제비꽃처럼 꽃대에서 시들어 죽지도 않고, 벚꽃처럼 속절없이 흩날리지도 않고, 목련처럼 잎이 널브러지지도 않고, 꽃봉오리가 통째로 툭, 툭, 툭, 떨어진다. 그것은 죽은 게 아니다. 가장 아름다울 때 동백은 낙화하는 법을 알

고 있다. 가장 아름다울 때 아름다움을 버리므로 영원한 아름 다움을 얻는 동백. 동백을 보며 내 삶을 헤적여보았다. 언제, 가장 아름다운 시절에, 나 자신을 비워본 적이 있는가 하고.

화양연화花樣年華!

아름다움은 꽃처럼 질 수 있어 아름답다. 아름다움이 영원하다면 그것은 아름다움이 아니다. 아름다움은 순간에 머무는 형이상의 진언이다. 꽃이 피고 지는 것은 우주의 시간으로는 가늠할 수도 없을만치 찰나다. 동백꽃의 화양연화는 붉게 피어 빛날 때가 아니라, 꽃봉오리가 땅으로 툭 떨어지는 순간이며, 땅에 떨어져 흙을 물들이는 처연한 허무의 순간이 아닐까. 허무가 아름다움을 보게 한 것은 은유가 아니라 아름다움이 허무에서 나오기 때문이다. 담의 화양연화 역시 바로 이 순간이다. 동백이 담을 붉게 물들이고는 뚝 뚝 지는 이 순간, 그리운 것들은 모두 여기 있다.

담장을 지나며 소란소란 이야기를 나누던 마을 아이들로부터 마실 가는 할머니, 빨래 다라이를 머리에 이고 냇가로 걸음을 옮기던 아낙네들, 지게 가득 땔감을 지고 가던 수염 억센 할아버지, 모내기를 하고 맨발로 터벅터벅 담장 길을 걸어가던 아저씨, 여름날의 빗줄기와 꽁꽁 언 겨울밤 별빛과 폭설, 봄날의 아카시아 향기, 감이 익어가던 가을날의 달밤도 먼 시간이 된 지 오래다.

저 담장에는 시간이 살고 있다. 그리움이 된 시간, 사람이 된 그리움. 동백꽃 연붉게 물들이는 시간의 낙화.

아무것도 할 수 없는 순간이 있다면 바로 이즈음이다.

찰나가 영원으로 새겨지고 우주가 순간인 때, 바로 동백이 낙화하는 시간이다. 깨달음도 예술적인 감흥이나 직관으로부터 얻는 경우가 더 많다. 그런 순간들이 흔치 않은 것 같으면서 흔한 것은 동백이 지는 것을 보면 알 수 있고, 그런 순간들이 흔하면서 흔치 않아 보이는 것 역시 동백이 지는 것을 보면 느낄 수 있다. 다만 그 순간을 알아채는 것이 깨달음이고 예술이 오는 시간이다. 변증법적 유물론이 아닌 비변증법적 유물론에 의해서 일상의 사물들은 깨달음을 준다. 나는 지금, 저 동백의 낙화를 보며 가슴속에 남아 미처 말할 수 없는 깨달음의 찰나를 즐기고 있다. 안쓰러움과 회한마저 붉게 물들이고 공간과 시간마저 붉게 물들여 탄식을 불러내는 순간이다.

담장 아래 동백이 지고 시간이 지고 마음도 지는 순간, 흙마저 붉게 물들이며 흙으로 돌아가는 시간. 아름다움은 잠시 우리 앞에 나타난 기적이다.

동백꽃 지는 담장을 보며 저 돌과 흙이 사람들의 자화상이라고 생각했다.

파울라 모더존베커, 〈동백꽃 가지를 든 자화상〉

〈동백꽃 가지를 든 자화상〉을 그린 독일의 표현주의 화가 파울라 모더존베커는 서른한 살에 요절했다. 자화상 속의 여자는 엄지와 검지로 동백꽃 가지를 들고 있지만 파릇한 잎사귀 사이 연붉은 꽃잎 한 장만 보일 뿐, 꽃이 없다. 예로부터 동백은 꽃을 세 번 피운다고 한다. 나무에서 한 번, 땅 위에서 한 번, 그리고 마음속에서 한 번 꽃을 피운다는데, 이 그림엔 동백꽃이 여자의 마음에 물들고 있다. 마음에 붉게 물든 동백이 현상되는 자리는, 여자의 눈가다. 불그스레한 동백 꽃물이 처연한 그리움의 빛깔로 여자의 눈가를 물들였고, 이마와 볼과 입술 주변에도 애수 짙은 꽃물의 흔적이 남아 있다. 여자의 눈은 붉게 핀 동백꽃이다.

　불꽃같은 생을 살다 간 파울라 모더존 베커가 "독일 예술계를 단숨에 현대로 끌어올린 화가"로 회자되는 것도, 그 천재성을 이 작품에서 보듯 동백꽃을 가지에 그리지 않고, 마음에 물든 꽃의 흔적을, 동백이 변주된 눈의 꽃으로 피어나게 한 데서도 그녀의 천재성을 찾을 수 있다. 플라톤의 말처럼 세상의 모든 것에 이데아가 존재한다면, 그림 속 여자의 영혼에 깃든 이데아는, 동백꽃이 붉게 물든 눈일 것이다.

　그림 속 여인의 마음에만 동백꽃물이 드는 것은 아니다.
　파울라 모더존베커의 〈동백꽃 가지를 든 자화상〉에서 꽃봉오리째 툭, 툭, 떨어진 동백의 허무가 여인의 눈가를 물들였다면, 담장 밑으로 떨어지며 흙과 돌을 물들이는 것은 그리움이다. 담장에는 그리움이 살고 있다. 마치 〈동백꽃 가지를 든 자화상〉처럼 저 담장 길을 걸어간 사람들의 자화상이 담장에 그려져 있다.

　지는 동백이, 돌과 흙과 인정으로 쌓아올린 담장이, 파울라 모더존베커의 〈동백꽃 가지를 든 자화상〉이 모두 귀인 같아 보였다. 나는 우리 곁을 스쳐간 귀인들을 위하여 담장 앞에 음악 한 곡을 헌정했다. 호아킨 로드리고의 기타 협주곡 〈어느 귀인을 위한 환상곡Fantasia para un gentilhombre〉을 연주하는 나르시소 예페스의 기타 소리가 신비하게 울렸다.

　담장과 살다 간 사람들과, 담장을 지나가는 사람들과, 담장을 걸어갈 이들 모두는 귀인으로, 〈어느 귀인을 위한 환상곡〉은 바로 우리 모두를 위한 환상곡이다.

동백 진 담장에 내린 폭설,
혹은 파울 클레의〈가라앉은 풍경〉

창평 골목길에 내린 폭설은 히말라야 산정 만년설처럼 순결했다.

아무도 걸어간 발자국 없고, 아무도 보이지 않던 새하얀 길의 정적에 빛줄기가 비스듬히 꽂히고 있었다. 우리 행성에서 가장 높은 산에 있는 만년설에 신의 묵시록이 있다면, 동백 진 담장에 내린 폭설에는 사람들의 봉인된 이야기가 죽음처럼 들어 있다.

몇 해 전 어느 봄날, 담장을 붉게 물들인 동백이 땅마저 검붉게 물들이더니, 그 광경을 보던 내 마음까지 연붉은 꽃의 진창으로 만든 적이 있다. 그날을 잊지 못해 폭설 내린 어느 겨울날 다시 그 자리를 찾았다. 강아지나 고양이, 새들의 발자국조차 없는 고요함만이 골목에 깔려 있었다. 눈 위를 걸어간 바람의 흔적이 가녀린 여인의 미소처럼 설핏 보였다. 아무도 없는 눈 쌓인 골목은 중력이 없는 길을 걷듯 낯선 풍경이 되어갔다. 해 질 녘 바람이 골목을 감쌌고, 사라질 듯 사라지지 않은 햇빛이 느릿느릿 눈에 쌓여갔다.

동백 지던 담장이나 흰 눈 쌓인 담장이나 그토록 애절하게 내가 담장을 찾는 건, 담장이, 거울 같고, 정신이 들어가 쉴 수 있는 오두막 같아서다. 흙 담장이든 돌각담이든 돌 사이에 흙을 버무려 넣은 담장이든 세상의 모든 담장은 사람을 비추는 거울이고 정신의 오두막이다.

담장을 가만히 바라보면 담장은 거울이 된다. 그냥 얼굴만 비추는 게 아니라 담 속의 거울은 당신이 잃어버린 해사한 얼굴을 비춰준다. 모난 얼굴이나 상심한 얼굴, 뾰로통한 얼굴, 절망한 얼굴 들을, 담장은 흙과 돌의 영기로 생의 불순물을 걸러내 얼굴의 원기를 되살려준다. 무심한 마음으로 담장−거울을 바라보면 흙처럼 생명력 있고 돌처럼 풋풋한 해사한 얼굴을 비춘다.

담장을 가만히 바라보면 담장 속에는 오두막이 하나 있다. 몸에서 나온 정신이 담장−오두막에 들어 자기 자신을 응시

한다. 정신의 환대! 정신이, 심연에 있던 정신이, 담장-오두막에 들어 환대를 받는 것이다.

니체는 환대를 "너무나 풍요로운 영혼"이라고 했다. 내 안을, 낯선 세계를 떠도는 정신이 담장-오두막에 들어 '너무나 풍요로운 영혼'으로 변신하는 환대. "낯선 것이 천천히 자신의 베일을 벗고, 새롭고 형언할 수 없는 아름다움으로 자신을 드러"내는 환대로 하여 정신은 비로소 정신이 된다.

구스타프 말러Gustav Mahler는 자기 자신만의 오두막을 갖고 살았다.

몸을 작은 오두막에 스스로 유폐시키곤 정신의 우주를 열어 길을 찾는 이상한 방법.

말러는 함부르크 슈타츠 오퍼에서 수석 지휘자로 일할 때 아터 호숫가 슈타인바흐Steinbach am Attersee에 작은 오두막을 짓고 여름휴가 내내 작곡에만 몰두하여, 〈교향곡 1번〉과 독일 민담시집에서 가사를 가져온 가곡집 〈어린이의 이상한 뿔피리〉를 만들었다. 그 뒤 빈 슈타츠 오퍼에서 음악감독으로 일할 때도 여름휴가면 뵈르터 호숫가 마이어닉Maiernigg am Wörthersee 오두막에 틀어박혀 〈교향곡 4번〉과 〈교향곡 8번〉, 뤼케르트 시에 곡을 붙인 〈뤼케르트 가곡집〉, 〈죽은 아이를 그리는 노래〉, 그리고 〈어린이의 이상한 뿔피리〉 중 12곡 '북

구스타프 클림트, 〈아터 호숫가의 운터라흐 교회Kirche in Unterach am Attersee〉, 1916
말러의 작은 오두막이 있었던 아터 호숫가 풍경

치는 소년' 등을 작곡했다.

그는 작은 오두막의 수도사였다. 그의 오두막은 경건한 음악의 성전이며 뮤즈의 신을 만나는 접신처였다. 카오스 속에서 자기 관조와 자기 성찰을 하며 알프스의 정취가 빚어낸 에메랄드빛 호수와 햇빛과 물소리를 빚어 음의 질서를 구축했다.

스스로를 갇히게 해야만 비로소 정신이 열리는 아름다운 감옥, 오두막에서 구스타프 말러는 한 세계와의 단절로 다른 한 세계의 문을 열어, 광활한 음악의 우주를 보았다.

동백으로 붉게 물든 담장이든, 새하얀 눈 덮인 담장이든, 담장 앞에 서면 본래의 내가 보였다. 나는 담장 안에 있는 고즈넉한 오두막에 있길 좋아했다. 흙냄새가 솔솔 풍겨왔고 달빛 머금은 돌에서 파란별을 찾다보면 잃어버린 시간을 찾아가는 길이 보였다. 보이지 않던 길이 길을 열고, 그 길이 수만 갈래 길을 열어가며 길의 우주를 만들었다. 그곳에서는 시간이 시간을 재촉하지 않았다.

담장-오두막에 있는 찰나의 시간일지라도 나는 무한을 보았다. 무한은 전체가 아니라 개념적으로 그려내지 못하는, 즉 현시 Darstellung할 수 없는 열망 Verlangen이다. 그러니 담장-오두막에서는 누구든지, 열망만 있으면 무한을 볼 수 있고, 시간

에 쫓겨 덧없는 시간으로 쇠락할 필요도 없다. 담장−오두막
에서는 조금 낯선 자기만 넌지시 바라보면 된다. 그러면 지나
는 바람과 꽃향기 머금은 흙과 원시적 돌이 무뎌진 야성을 찾
아줄 것이다.

담장−오두막은 나와 너를 가로막은 벽이 아니라 사유하
는 사물 그 자체 Ding an sich selbst 다. 어쩌면 담장−오두막은 내 삶
의 부적인지도 모른다.

눈 덮인 담장 앞을 떠날 수가 없었다.

이 광경을 보기 위하여 먼 길을 달려와서가 아니라, 이런
순간을 생은 그렇게 호락호락하게 펼쳐 보이지 않는다는 것
을 알기 때문이다. 아름다움이란 어느 순간 나타났다 사라져
가기에, 미적인 것을 보았을 때 그 순간을 경배해야 한다는
것을 나는 경험적으로 알고 있었다. 아무도, 아무것도 보이지
않았다. 담장 골목길은 정적에 싸여 저만치선 땅거미가 스멀
스멀 다가오고 있었다. 좀 더 눈 쌓인 담장의 정적에 귀를 기
울이고 싶었다.

담장의 설경을 보며 담장 안에는 클레의 〈가라앉은 풍경〉
에서 본 이미지들이 동결되어 있다고 느꼈다. 유리창에 핀 성
에꽃 몇 송이도 들어 있고, 삼엽충처럼 생긴 비늘 모양의 이
파리, 노란 달과 해바라기, 산, 성당, 나무, 해, 그리고 파랗게

얼어붙은 설경 속에 음각되어 숨 쉬는 사람들까지, 클레의 그림에는 삶의 못다한 이야기가 그려져 있었다.

폭설 내린 담장에서 본 것들도 그랬다. 겨울날 아궁이 앞에서 부지깽이로 숯불을 모아 화로에 담는 어머니, 문간방에선 묵 내기 민화투를 치는 아저씨들, 안방에선 동치미에 군고구마를 먹는 식구들, 큰 눈을 꿈벅거리며 흰 김을 내뿜는 외양간 누렁이, 처마 밑 고드름, 먼 곳에서 들려오는 예배당 종소리, 부엉이 우는 밤의 정적, 휘영청 밝은 섣달그믐의 마당, 툇마루 밑에 놓인 썰매와 썰매 꼬챙이, 댓돌 위에 놓인 운동화 고무신 장화 털신, 새끼로 꽁꽁 싸맨 수돗가 수도꼭지, 아랫목에 묻은 밥사발 둘, 방 안 백열전구에 비친 얼굴들, 광에 둔 감자 상자, 마루로 올라와 얌전히 앉아 있는 고양이…… 그것들은 담장 속에서 꿈을 꾸고 있었다. 초현실 세계 어느 마을을 보는 것 같았다.

파울 클레, 〈가라앉은 풍경〉 부분, 1918

동백이 피고 동백이 지고 폭설 내린 마을 골목 담 주변을 흘러가는 도랑물

메마른 수세미가 달린 담장, 허무집

담벼락에 매달린 마른 수세미는 생의 아름다운 시절을 증언한다.

얼기설기 얽힌 줄기는 삶을 사선으로 때론 우아한 곡선으로 그림 그렸다. 생의 종착지가 어디인지 알 수 없지만 줄기들은 뻗어나가 미완성의 흔적을 만들었다. 꽃을 피운 가지와 꽃을 못 피운 가지, 열매를 단 줄기와 열매를 달지 못한 줄기. 꽃을 피우지 못했다고 열매를 달지 못했다고 실패한 식물은 아니다. 어떤 식물이든 흙을 딛고 살아있었다는 그 자체로 식물이다.

형체를 알아보기 힘든 메마른 수세미 하나, 담벼락 양지에 매달려 빛난다.

메마른 껍데기에서 허무한 눈부심을 보았다. 초록색 진한

메마른 수세미의 기억을 품고 있는 담장

메마른 수세미

수세미에서 보았던 탄력 있는 광채의 눈부심보다 더 깊은 허무한 눈부심.

담벼락에 달린 메마른 수세미는 'Nothing'으로서의 '무無'와 'Nothingness'로서의 '허무虛無' 사이에 있다. 사이는 한쪽에 치우쳐 있지 않으므로 사이다. 그리고 사이는 모두에 존재할 수 있으므로 사이다.

존재하지 않음으로서의 무와 비어있다는 것으로서의 허무. 그 사이에 있는 메마르고 빛바랜 수세미는 보이지만, 보이지 않는 무요, 충만한 허무다. 보인다고 모두 실재하는 것은 아니고, 보이지 않는다고 모두 존재하지 않는 것도 아니다. 무는 우주 공간처럼 인간의 감각을 초월한 실재이며, 허무는 무의 덧없음이다.

덧없음이 무와 허무 사이를 가른다.

무는 덧없음이 없는 상태이며 허무는 덧없음이 있는 상태다. 담벼락의 마른 수세미는 무와 허무의 경계에서 무의 얼굴과 허무의 얼굴을 모두 갖고 있다. 손을 대면 바스라질 정도로 생이 말라붙어버린 수세미는 실체지만 사물로서의 자성自性이 없다. 실체는 있되 사물의 자성이 없으면 그것은 존재하지 않는 무다. 그럼에도 불구하고 사진 속 수세미가 허무해 보이는 것은 덧없음이 자리하고 있기 때문이다.

담벼락에 간신히 매달린 마른 수세미에 연민이 느껴졌다.

언젠가는 저 수세미처럼 남겨질 나의 생도 누군가 연민으로 바라볼 것이다. 정신이 사라지고 느낌이 없어지고 막대기처럼 굳은 채로 '대니 보이 $_{Danny\ boy}$'의 노랫소리도 듣지 못하고, 어느 봄날 담벼락 밑에 핀 제비꽃도 보지 못하고, 푸른 추억 반 스푼 담긴 아이리시 커피도 맛보지 못할 것이다.

소멸!

하루에도 나는 수없이 많은 나의 우주를 소멸시킨다. 나의 의지가 아니라 내 안의 무와 허무에 의해 무장해제당하는 허무한 순례, 허무집.

내 안에는 소멸하는 무와 덧없는 허무가 공존하는 허무, 집이 있다. 그러나,

세계를 새롭게 하는
힘인 '허무'―

에밀리 디킨슨의 시 「소박하게 더듬거리는 말로」에서

나는 허무에 의해 날마다 날아오른다. 내 안의 허무의 광장에서 요동치는 그 덧없음의 광휘로부터 비상을 꿈꾼다. 담벼락에 덩그마니 기대 하염없는 빛의 세례를 받아 마침내 빛의 허무가 되어가는 마른 수세미. 수세미 껍데기를 허물삼아, 빛

의 허무를 찢고 날개를 편 곤충처럼 힘차게 날갯짓을 하며 날아오르고 싶다.

　한순간 강렬한 햇빛에 담장이 사라졌다.

　빛－환영幻影이라고 해야 할까, 빛－그늘이라고 해야 할까. 빛은 순간 모든 것을 삼켜버렸다. 담장도, 담장에 달려 있던 메마른 수세미도, 담장에서 빛나던 허무도, 모든 것이 순간 사라져버렸다. 담장은 존재하지만 눈부신 햇빛에 잠시 모습을 숨겼다. 대상은 존재하지만 보이지 않는 세계는 말레비치 그림에서 본 〈검은 사각형〉 같다. 말레비치는 쉬프레마티즘을 통해 '무대상의 세계Die Gegenstandslose Welt'를 추구했다. 회화에서 추상의 흔적마저 지우며 흰 사각형 위에 검은 사각형만 그려놓고 캔버스에서 대상을 허무하게 만들었다. 그러나 허무란 얼마나 신비롭고 아름다운가? 우주 속의 광막한 섬처럼 심연을 간직한 허무! 말레비치의 검은 사각형 어딘가에는 담장과 담장에 달려 있던 메마른 수세미가 숨어 있을 것만 같다. 그림 속 검정은 보이지만, 보이지 않는 세계의 꿈 같고, 흰색은 보이지만 숨겨진 세계의 허무 같다. 말레비치의 그림은 보이는 세계를 표상하지 않는다. 말레비치가 회화의 대상을 무력화 시켜 허무하게 만들며 〈검은 사각형〉을 그린 것은, 액자화된 부르주아지 우상을 파괴함으로써 아름다운 불온을

카지미르 말레비치, 〈검은 사각형〉, 1915

꿈꾸기 때문이다.

담장은 겉으로 보면 무대상無對象인 듯 보이지만 사람의 꿈이라는 대상을 갖고 있고, 대상이 제거된 공간에 말레비치가 형상화시킨 〈검은 사각형〉은 순수화된 무無의 이미지다. 말레비치 그림에서 '무대상'의 '무無'가, '무無'를 통해 존재로 나아가는 하이데거의'무Nichts'라면, 담장의 허무는 존재 자체가 숨어 있다가 드러나는 허무다. 대상 없는 그림 〈검은 사각형〉의 심미적 서랍을 열어보면 어딘가에 존재의 메타포가 숨겨져 있다.

그럼에도 담장에 내포된 허무와 말레비치의 〈검은 사각형〉에 나타난 무는, 하이데거식의 존재자가 비은폐되어 드러나는 방식, 감춤과 드러남이 혼재된 '무無'를 통해, 순수한 꿈과 순수한 감각을 포착한다는 공통점이 있다.

담장은 조금 지쳐 보였고 메마른 수세미는 해쓱한 그리움을 방출하고 있다.

존재하는 모든 것은 저마다 빛을 내고 있다. 손만 대면 바스라질 것 같은 메마른 수세미도 빛이고, 엉클어진 마른 식물 줄기도 빛이며, 퇴색한 황토와 언제나 정겨운 모습으로 자리를 지키고 있는 담장의 돌들도 빛이다. 나는 허무한 생을 추스르며 이 가을 빛−그늘 환영 속으로 사라진다.

인간적인 것과
형이상학적인 것 저 너머-담벼락

고서 어느 집 담벼락 앞에 에펠탑 모양으로 우뚝 선 것은 상추다.

그 옆에는 홀씨가 이미 날아간 민들레와 갓털冠毛이 동그랗게 달린 민들레가 있다. 상추는 우연히 바람에 묻어온 씨앗이 자라 잎이 나고 줄기 끄트머리 가득 꽃을 피우려 한다. 상추꽃은 민들레 홀씨보단 작지만 털실 보푸라기가 일 듯 흰색이나 자주색 꽃을 피운다. 아직 세상을 향해 비상하지 않은 민들레 홀씨가 먼 여행을 떠나기 전 말을 걸어보려는 듯 얼굴을 상추 쪽으로 삐죽 내밀었다.

"그동안 고마웠어!"

민들레 홀씨가 말하자

"무엇이?"

상추가 되물었다.

"곁에 있어줘서……"

"난 또 무슨 말이라고. 그건 나도 마찬가지야. 처음엔 낯설지만 함께 살아가는 게 세상이잖아. 고마워하지 않아도 돼. 민들레 홀씨야. 그런데 어디로 갈 건데?"

"글쎄, 바람만이 알고 있을 거야. 언젠가 나를 이 담벼락 앞에 씨앗을 날라다 주어 꽃을 피우게 한 것처럼 말이야. 삶이란 누군가를 위해 꽃을 피우는 게 아니겠어? 비록 누군가 눈길 주지 않아도 꽃을 피우다 보면 누군가의 눈길이 또 다른 꽃을 피우는 것처럼 말이야."

"하긴 그래. 나도 어디서 왔는지 모르는 건 마찬가지니. 분명한 것은 우리가 꽃을 피우고 씨앗을 품었다는 것이잖아. 어느 집 농가 담벼락 앞일지라도 흙에 사뿐히 내려앉아 그 추웠던 겨울을 나고 이렇게 새 봄을 꽃피운 것이잖아."

나는 에펠탑 모양의 상추와 민들레 홀씨가 나누는 봄 이야기를 들었다.

햇빛이 한쪽 담에 들이치는 오후, 식물들이 자란 자리는 인간적인 것들이 늘어선 진열장 같았다. 외롭고 쓸쓸한 시간을 버티고 살아가는 사람들처럼 바위 밑이나 보도블록 사이, 담장 아래 흙이 조금만 있어도 불평 없이 꽃자리를 만드는 식물들.

그 꽃씨들이 어디서 와서 어디로 가는지 아무도 모른다.

울퉁불퉁한 흰색 담벼락은 형이상학적인 것의 전언 같다.

실체는 있지만 담에서는 아무것도 보이지 않는다. 금 가고 깨지고 흠집투성이뿐인 흰색 담벼락은 형이상학적인 것의 실체를 증언하는 것 같다.

고결하고 고상하고 고혹적인 그 무엇이 형이상학적인 게 아니고, 지상에서 흔들리고 닳고 상처 난 것들의 꿈이 형이상학적인 것이 아니냐고.

그러하다면 저 울퉁불퉁하기 짝이 없는 흰색 담장은 이데 아로서의 플라톤적인 형이상학이 아니라, 물리적 대상을 다루는 아리스토텔레스적인 형이상학에 가까울지 모른다.

외롭고 높고 쓸쓸한

이 흰 바람벽에
내 가난한 늙은 어머니가 있다

백석, 「흰 바람벽이 있어」에서

바람이 닿은 '흰 바람벽'에 사는 '내 가난한 늙은 어머니'는 내 영원한 형이상학이다. 사물의 본질이나 존재의 근본을 따

120

지는 게 형이상학이라면 대지의 본질이자 존재의 근본인 모성으로서의 어머니는 보이지 않는 흰 바람벽에 살고 계신다.

인간적인 것과 형이상학적인 것의 경계는 사실 종이 한 장 차이일지 모른다. 나는 담장에서 느낀 인간적인 것과 형이상학적인 것 사이에서 구스타프 클림트의 그림 〈철학Philosophy〉을 떠올렸다.

클림트는 1894년 빈 대학교로부터 새로 짓는 대강당에 〈철학〉, 〈의학〉, 〈법학〉을 주제로 한 세 점의 천장화를 의뢰받고 5년여간 구상 끝에 시안을 제출했지만, 학문과 진리를 찬양하는 고전주의 스타일과는 달리, 벌거벗은 인간들이 불안과 고통 속에 떠도는 파격적인 그림 때문에 외설적이라는 비난을 받는다.

클림트는 그림의 왼쪽에 맨 위에 있는 어린아이부터 맨 아래 있는 노쇠한 노인에 이르기까지 벌거벗은 한 무리의 사람을 그렸다. 그림 중앙 상단에 영혼의 모습이나 정령으로 보임직한 얼굴을 그렸는데, 스핑크스 같은 이 머리는 철학이나 지식의 도움이 있어야만 세계를 이해할 수 있음을 상징한다. 그러나 논리적인 규명과 합리적인 인식을 중요시하는 철학자들의 인식과 상반되는 에로티시즘적이고 우화적인 이미지는 그를 곤경에 빠뜨린다. 클림트와 철학 교수들 사이에서 길을

구스타프 클림트, 〈철학〉, 1900~1907

잃고 방황하는 〈철학〉 그림을 보며 잠시 사색에 잠긴다. 예술이란 무엇이며, 철학이란 무엇인가?

클림트의 작품 〈철학〉이 시대를 앞서간 예술이었다고 생각하는 것은 그가, 인간적인 것과 형이상학적인 것의 사이에서 고뇌하는 인간을 실오라기 하나 안 걸친 원초적인 모습으로 그린 것과, 이데아 왕국에서나 살 것 같은 스핑크스 이미지를 통해 인간은 철학을 통해서 세계를 이해할 수 있다는 진리를 미학적으로 표상했다는 것이다. 예술가만이 만들 수 있는 철학의 자화상이라는 생각이 들었다.

고서의 어느 집 담벼락에서 본 흰색 담장은 클림트의 그림 〈철학〉에서 본 것 같은 인간적인 것과 형이상학적인 것의 경계에 있는, 견고한 정신 같다고 생각했다. 하얀 담장의 이면에는 무엇이 웅크리고 있을까. 클림트의 〈철학〉 그림처럼 벌거벗은 인간들의 생로병사가 배접되어 있는 것은 아닐까? 하얀 담장 왼쪽에선 무량한 빛살 무늬가 들이치고, 식물들은 또 다른 생을 살아가는 인간의 모습을 하고 있다. 그것들은 마치 "보이는 게 다가 아니야!", "항상 사물의 이면을 생각해봐! 그곳도 하나의 세계거든. 보이지 않는 세계 말이야!"라고 말을 하는 것 같았다. 꽃을 피우고 나면 씨앗을 멀리까지 퍼뜨려 생존을 모색하는 상추와 민들레처럼 우리들 생은 꿈꾸기를 멈추지 않는다. 우리 삶은 이미 진리를 탐구하는 철학보다 더 철학적이고, 예술보다 더 미적인 것을 보는 마음을 갖고 있다.

흰색 담장 앞에서 나는 침묵했다. 흰색은 가능성으로 차 있는 침묵이며 정신이 사물화된 것이다. 흰색의 담장 앞에서 내가 본 것은 상추와 민들레와 햇빛과 금 가고 깨진 담벼락이 전부지만, 흰색의 이면에 숨어 있는 것들은 나를 꿈꾸게 한다. 흰색에는 수많은 가능성을 제련하는 연금술사가 살고 있다.

와온 바다 궁항 마을 인어가 사는 집의
담벼락 넷

와온 바다는 따스한 빛 여울 속에 잠든 바다.

'와온臥溫'이란 이름 그대로 '누워 자는 따뜻한' 바다.

와온으로의 초대를 받은 이들은 바다에 난 창을 열고 신비한 세계로 들어선다. 보헤미안이 아니라도 내면을 여행하는 보헤미안이 될 수 있고, 집시가 아니라도 만돌린을 퉁기며 물 위에서 노래 부를 수 있는 바다.

어머니 무명 치마를 풀어 바다에 덮으니 생긴 바다, 와온.

그래서인지 상심하고 상처받고 세상과의 불화로 마음 덧난 이들은 와온 바다에 와서 그리운 어머니를 만나고 돌아간다.

무한 바다만 펼쳐진 수평선 아스라한 바다가 아닌, 만과 만에서 흘러내린 능선이 섬을 만들어 바다와 만 사이 바다와 바다 사이 봉긋한 섬이 올라 있고, 능선과 능선이 안개에 여울

해거름 녘 와온 바다.

내가 본 와온 풍경 중에서 가장 아름다운 노을이 진다고 여겨지는 달천 마을 가는 언덕
에서 내려다본 바다. 오래전 슬라이드 필름으로 찍어서인지 질감의 따뜻한 고요와 고
귀한 시간의 위대가 묻어났다. 섬과 섬으로 이어진 능선 저 바다에 어머니가 누워 잠들
고 계신다.

져 보이는 바다. 바다는 섬과 이별하고, 사람과 이별하고, 가뭇가뭇한 안개와 이별하고, 바다와 이별하여 바다가 된 바다.

헤아릴 수 없이 많은 바다 중에서 가장 모성적인 바다, 와온.

달천 마을 가는 언덕에서 노을 지는 바다를 뷰파인더로 보니 피사체가 낯설게 느껴졌다. 낯섦은 우연히 '존재망각'을 불러온다. 어둠 속으로 침몰해가는 황금빛으로 변한 바다는 존재망각을 불러일으켜 마음을 무심한 것으로 만든다. 일체의 모든 것을 바다에 내려놓게 하는 무심. 하이데거가 말한 "존재망각 Seinsvergessenheit"이란 자아가 순간 정전되어 무無가 되는 걸 말함이 아닐까. 빈켈만 식으로 표현한다면 '존재망각'이란 "고귀한 단순과 고요한 위대 Eine edle Einfalt und stille Grosse"를 깨달을 수 있는 그 순간이 아닐까. 노을에 잠겨가는 사진 속 와온 바다는 보는 이를 '존재망각'에 들게 하여 '고귀한 단순과 고요한 위대'의 마력을 느끼게 한다.

빛살 무늬 번지는 고요한 물비늘을 밟고 바다를 걸어가는 여자들을 보았다.

물 위를 걷는 여자들은 달에게 가는 중이다. 여자들은 달에게 바치는 노래를 부르고 있었다. 달에게 바치는 노래는 저마다 이루지 못한 사랑 노래거나, 남정네를 바다에 묻은 회한 깊은 노래거나, 수평선 맞닿은 하늘 높은 곳에 떠서 가슴을 비추는 달님에게 소원을 말하는 비나리였다.

바닷가 마을에서 태어나 평생을 어부의 아내로 산 여자와, 타지에서 갯마을로 시집와 작은 통통배를 부려가며 고기 잡는 어부가 된 여자와, 자식들만큼은 바닷가에서 살게 하고 싶지 않은 여자들이 바다를 걷는 중이다. 한낮에도 청색 물감을 풀어놓은 바다를 걸어가는 여자들을 보았다. 그들은 운명처럼, 혹은 운명을 가장한 삶을 운명이라고 수락한, 운명적 삶을 이어온 여자들이다.

바다를 걷는 여자들이 바다를 달리게 해주고 싶었다.

삶의 굴레를 뒤로하고 무작정 바다를 달려가다 파란 바다와 파란 하늘이 만나는 한 점에서 그리움을 만나게 해주고 싶었다. 개펄에서 꼬막 캐던 손도 놓고, 그물 깁던 바늘도 반짇고리에 넣고, 고기 배를 가르던 칼도 도마 위에 두고, 바다를 달리게 해주고 싶었다.

〈해변을 달리는 여자들〉처럼 젖가슴을 풀어 헤치고 삶을 옥죈 속박을 털어내고, 깃털처럼 사뿐히 바다를 달리다가 저 무한 공간으로 마침내 비상하고야 마는 새파란 원시성. 고개를 한껏 뒤로 젖힌 채 달려가며 미소 짓는 와온 바다 여자들

피카소, 〈해변을 달리는 여인들〉, 1922.

얼굴을 보고 싶었다.

푸른색 신비한 바다와 하늘을 무대로 〈해변을 달리는 여인들〉은 여자를 얽어맨 삶의 고통과 어두운 그림자를 벗어던지고 달리고 있다. 피카소의 청색시대에 밴 죽음에 대한 비감함과 정신의 음울한 고독은 푸른 바다색을 통해 표출되기도 하는데, 〈해변을 달리는 여인들〉도 역설적으로 여자들 생에 드리운 슬픔을 극대화하여 보여주는지 모른다.

예술이 현실을 드러내는 방식은 역설적으로 은유를 통해 삶의 서사를 이야기한다.

피카소의 어머니가 딸의 죽음 앞에서 고통받았던 슬픔이, 그 비극적 상황을 받아들여야만 했던 모성적 슬픔이, 청색 어딘가에서 묻어나고 있음은 예술의 환유로부터의 은유일 것이다. 피카소는 슬픔의 심연을 청색 물감에 풀어 (시인 로르카가 시 「악몽의 로맨스」에서 외쳤던 것처럼) "파랗게 사랑해 파랗게"라고 그리고 있는지 모른다.

그래서인지 〈해변을 달리는 여인들〉, 즉 그림 속 두 여인은 피카소의 죽은 누이와 어머니일지 모르고, 대지의 여신 데메테르와 그의 딸 페르세포네일지 모르고, 와온 바다에서 칠게를 잡고 꼬막을 캐고 그물을 던지는 운명의 여인들일지 모른다.

노을을 밟고 와온 바다를 건너가는 여자들이 있다.

그림자를 길게 끈 여자들은 갯바위에서 자라

뻘에서 꿈을 캐며 할머니가 된다

바람과

구름과

파도가

여행으로의 초대장을 보내오기도 하지만

여자들은 물그림자를 밟고 눈물 한 방울을 떨구었네

와온에 가면

찔레꽃 섬 저만치

어머니가 잠든 바다 저만치

잃어버린 시간을 찾아

물 위를 거니는 여자들이 있다. 자기가

걸어온 길은 바다에 묻고 자기가

걸어갈 길을 바다에 내며.

궁항은 언덕길을 내려가면 나오는 외딴 바닷가 작은 마을. '궁항窮巷'이란 이름 그대로 '외딴 촌구석'을 말한다.

외롭고 쓸쓸하고 궁벽한 갯마을에 가면 야트막한 봉우리와 섬과 바다를 오가는 푸른 물고기와 인어를 만날 수 있다. 어쩌면 오래전 절멸한 검노랑해변쇠멧새 노랫소리를 들을 수도 있고, 노을 지는 바다에서 거대한 새 모양으로 비상하며 군무를 펼치는 찌르레기를 볼 수도 있다. 보이지 않는 것은 우리들의 이데알레Ideale. 이상 속에만 있지 않고 상상하는 마음

속에 있다.

길을 걷다 보니 길이 보였다.

길은 길을 불러내고 궁항 이름에 홀려서 낯선 바다로 흘러갔다.

여느 바닷가 마을과 다를 것도 없고 옹색해 보이지만 바다가 움푹 들어간 만을 품어 사람들을 살게 했다.

5월 하순 무렵 궁항 마을에 갔을 때, 라일락나무는 은은한 향을 내고, 찔레꽃은 빛을 잃고, 석류꽃은 붉은 해를 머금어 더 짙어갔다. 몇 안 되는 집과 집 사이 공터마다 밭에서 막 뽑은 마늘을 말리고 있었다. 일손이 부족한 밭에서 머리가 하얗게 세어버린 할머니가 혼자서 마늘을 뽑고 있었다. 한낮에 건달처럼 어슬렁거리기 민망하여 밭에 들어가 난생처음 마늘을 뽑았다. 길게 자란 마늘 대를 붙잡고 뽑으니 쑥 뽑혔다.

땅속 어두운 세계에서 살던 마늘이 햇빛을 보는 순간이다. 마늘 한 쪽을 흙 속에 꾸욱 박아 넣고 가물지 않게 물도 주고 잡초도 뽑아주고 햇빛을 받더니 토실토실하게 알이 들어찼다. 마늘이 여물기까지 세찬 바닷바람도 맞았겠지, 천둥소리인들 없었을까, 달빛이 환하게 비친 밤이면 무슨 생각을 했을까. 춥기도 하고, 서리도 맞고, 고독이라고 몰랐을까. 그것 역시 마늘에게도 약이 되었을 텐데.

와온에서 그리 멀지 않은 화포 바닷가 할머니가 젓 만드느라 양은 다라이에 짚을 깔고 끓인 젓갈을 걸러내며 했던 "뭐든 먹고사는 건 힘들어!"란 말이 생각났다.

'그래, 뭐든 먹고사는 일은 힘들어!' 혼잣말로 중얼거리며 마을을 산책했다.

길을 덮은 마늘 때문에 손바닥만 한 갯마을은 막대기 꽂을 자리도 없어 보였다. 봄날이 지기 전인데도 따가운 햇살이 해풍에 실려 왔고, 뙤약볕 아래 할머니는 마늘밭에 얼굴을 박고 계속 마늘을 뽑고 있었다.

1. 하얀 조개껍질 박힌 은하수

세월이 가면 시간의 이름 위에 새겨진 것들은 하찮은 것이라도 예술이 된다.

모난 것은 세월의 정을 맞아 둥그스름해지고 거친 표면은 무한히도 너그러워진다. 돌이든 무쇠든 시멘트로 세운 건축물이든 마찬가지다. 한 50년 지난 탓인지 정 깊은 얼굴 같은 담벼락을 보았다.

와온 바다, 궁항窮巷 마을 담벼락에 은하수가 흐르고 있었다. 아, 은하수라니! 저건 담벼락이 아니라 은하로 건너가는 다리 같았다. 거무스레한 벽에 난 은하 길에는 갯마을이라 그런지 하얀 조개껍질이 총총 박혀 있었다. 나는 스타게이트 앞에서 은하의 문을 열려는 사람처럼 손바닥을 담벼락에 댔다. 파도 소리 머금은 따뜻한 전율이 일어났다. 그랜드피아노의

하얀 조개껍질 박힌 궁항 갯마을 시멘트 블록 담벼락

소스테누토_{sostenuto} 페달을 밟아 소리를 늘여 연주하는 늙은 피아니스트의 깊은 울림 같은 긴 전율이 느껴졌다. 손을 댄 담벼락에서는 엄숙하고 신비한 삶의 이야기가 끝없이 진동하고 있었다. 그 울림은 푸른 바다가 들려주는 미처 하지 못한 말 같기도 했고, 하얀 조개들의 합창 같기도 했고, 통통배를 타고 고기잡이 나간 남정네를 기다리는 여인의 희원 같기도 했다.

초등학교 다닐 때 친구 따라 마포 강변 동네에 놀러 가면 공터에서 시멘트 블록을 찍는 광경을 볼 수 있었다. 마포 강가 널따란 공터에선 땟국물이 흐르는 구멍 뚫린 난닝구를 걸친 아저씨가 시멘트에 모래와 물을 섞어 삽질을 했다. 그러곤 식빵 모양의 직사각형 쇠틀에 혼합된 시멘트를 한 삽 떠 넣은 뒤, 쇠틀을 좌우로 탁탁 털곤, 두 손으로 흙손 닮은 편편한 나무를 이용해 찍어 누르듯 압력을 가했다.

검게 탄 어깨가 훤히 드러난 아저씨 알통에 동아줄 같은 힘줄이 바짝 서고, 그렇게 몇 초가 흐르면 쇠틀을 위로 들어 올리며 재빠르게 빼냈다. 쇠틀을 좌우로 흔들 땐 고도로 숙련된 기술이 필요했다. 좌우로 쇠틀을 흔들 때 조금이라도 힘의 균형이 안 맞으면 블록은 여지없이 흐트러져 볼썽사나운 모양이 되기 일쑤였다.

아저씨는 도사처럼 쇠틀을 흔들어 블록을 찍어냈다. 꼬맹이들은 신기에 가까운 아저씨의 작업에 경탄하며 입을 벌린 채 구경을 했다. 빵집 아저씨가 오븐에서 식빵을 구워내듯 식빵 닮은 시멘트 블록이 완성되어갔다. 아저씨는 시멘트 블록이 놓인 판을 사뿐 들어 사열받는 병사들처럼 땅 위에 줄지어놓았다. 시멘트 블록이 햇볕에 쨍쨍 마르고 난 뒤 검고 긴 호스를 이용해 저 멀리까지 물을 뿌릴 때면, 피아노 흰 건반이 춤추는 것 같은 하얀 물줄기가 세상 끝까지 뻗어나갈 것 같았다.

갯마을 담에 조개껍질이 박힌 것을 보며 어부들이 직접 바닷가 공터에서 시멘트 블록을 찍었을 거라 생각했다. 신석기인들이 조갯살을 빼 먹고 쌓아둔 조개껍질 더미처럼 바닷가 마을 어디를 가든 조개껍질이 널려 있었다. 우리 곁에 살다 간 갯마을 어부들이 신석기인 같았다. 하얀 조개껍질 박힌 담 벼락이야말로 신석기인들이 만든 물건 같다고 생각했다.

어부들은 시멘트 블록을 견고히 하기 위해 버려진 조개껍질을 섞어 블록을 찍어냈다. 각지고 반듯반듯 했을 시멘트 블록은 세월에 닳아 애잔하고 식물들만이 그림자에 갇힌 신석기인의 시간을 증언하고 있다.

나는 은하로 건너가기 위하여 뱃머리에 앉아 시간의 파도에 몸을 싣고 바다로 갔다. 하얀 쪽배가 물살을 가를 때마다 밤하늘에선 별들이 쏟아져 내렸고 뭍에서는 깨꽃이 피고 조개들의 이야기가 들려왔다.

은하수 어느 별에 가면 궁항 갯마을 어부들이 그물을 내려놓고 쇠틀을 흔들며 시멘트 블록을 찍어내고 있을지 모른다.

지붕 너머는 유토피아다.

궁벽한 갯마을 담벼락 앞을 서성이는 사람들은 지붕 너머를 볼 수 없다. 지붕 너머는 무한의 관념적 영역이며 기억 탄생 이전의 공간이다. 가난한 현실에서 그림 속으로 떠나는 여행 같은 지붕 너머는 밥벌이 밖의 영역이다. 갯마을에서 밥과 상관없는 일은 모두 뻘짓*이며 지붕 너머는 더운 입김을 딛고 올라가기엔 초현실적이고 의지를 사다리 삼아 밟고 올라가기엔 초월적이다. 바다에서 용왕 신에게 풍어제를 지낼 때 갖는 외경의 마음, 제의적 신비, 무한한 것에 대한 두려움이 지붕 너머에 있다.

* 전라도 방언으로 쓸데없는 짓을 말함.

할머니가 된 인어가 오막살이에서 밥을 짓는 시간, 저 집은 늙은 인어의 성이다.

그물 뭉텅이를 경운기에 싣고 통통배 쪽으로 가는 어부의 유토피아는 파도 출렁이는 바다. 어부는 바다에서 밥을 찾고 아이들 키우느라 수평선을 향해 온몸으로 물살을 헤쳐나갈 뿐. 어부에게 유토피아는 말의 유희고 바다는 삶의 실천이다. 어부에게 지붕 너머는 형이상학적인 바다. 그렇다고 어두운 밤바다에서의 고기잡이나 햇빛 쏟아지는 바다라고 지붕 너머 보이는 형이상학이 없는 건 아니다. 생을 전진시키고 싶은데 파도에 막혀 나아가지 않을 때, 바다가 받아주지 않을 때, 밥−유토피아로서의 지붕 너머에 이르기 위해 어부는 투쟁한다. 초현실주의자들이 썼던 자동기술법처럼 어부는 그물을 던져 바다에 밥의 자동기술법을 쓰고 있다.

음력 보름 앞뒤로 달 밝은 월명기月明期가 찾아들면 어부는 닻을 내리고 그물에 해진 생을 깁는다. 어부들 몸에는 푸른 비늘이 돋아 있다. 와온 바다 궁항 마을에 갔을 때도 나이 든 어부는 그물에 닳아 해진 푸른 비늘을 손질하고 있었다. 라일락은 보랏빛 향기를 내어 어부 몸에 난 상처가 덧나지 않게 덮어주고, 울타리에 줄지어 핀 장미는 밭에서 마늘과 양파 뽑는 아낙 가슴에 젊은 날 맡았던 꽃의 생기를 심어준다. 5월이 지고 있었다. 머지않아 칸나 꽃 피는 6월이 오면 만선의 붉은 깃발 펄럭일 날을 위하여 어부는 생의 해진 시간과 찢어진 그물을 깁고 있다.

　궁항 갯마을 내려가는 언덕길에 쩍, 갈라져 손이 들락날락한 흰 담벼락을 보았다. 깨지고 금 간 모양을 가리기 위해 판자를 덧댄 낡은 담벼락 집엔 인어가 살고 있다. 인어 노랫소리 들리진 않았지만 금빛 인어가 상처 난 비늘을 수선하고 있을 인어의 집. '그래 인어가 살려면 이 정도는 되어야지!' 빛바랜 나무들의 합창 처연한 판잣집에 사는 인어가 보고 싶어 집을 기웃거렸다. 인어는 외출중인지 아무도 없는 집에 덩그마니 놓인 커다란 거울 하나. 인어는 거울 속 바다로 갔다.
　쩍쩍 갈라진 흰 담벼락처럼 생이 금 간 사람. 물 빠지고 빛바랜 판자때기처럼 생이 닳고 해진 사람. 벗겨진 페인트마냥 생이 너덜너덜한 사람. 거울에 비친 이 사람을 보라. 바로 내 모습이다.
　나는 금 간 담벼락이다.
　나는 시간에 닳아빠진 판잣집이다.

할머니 인어가 사는 궁항 갯마을 집의 담

궁상맞아 보이는 금 가고 판자 덧댄 담벼락. 판자마저 낡고 추레한 모습이다. 그러나 저 담벼락은 궁상맞아 보이지 않는다. 집−몸이란 육체는 시간에 해질지라도, 집−정신이란 광채가 저리 형형하니 궁상맞을 리 없다. 궁상이란 어렵고 궁한 상태로 하여 초라하고 보잘것없는 모습일진데, 궁상맞은 시간을 견디고 서 있는 집−담벼락이란 피사체는 대상을 해체하여 정신을 구현하려는 신조형주의, 즉 데 스틸De Stijl처럼 "육체에서 정신으로의 길"을 예시하고 있다. 집−담벼락이란 건축물도 닳아 해지면 해맑은 정신만 남은 구도자의 모습이다. 삶도, 예술도 궁상맞은 시간에 정신의 파란 꽃을 피우는 일일지 모른다.

　인어가 사는 저 오막살이가 피트 몬드리안 작품보다 더 예술적이라고 느낀 것은 인간적인 삶의 흔적들이 금 가고 닳아해진 채로 예술적인 '것'을 보여주기 때문이다.

바닷가 마을에 우물이 만들어졌다.

60년대를 갓 넘긴 전라도 여수의 작은 갯마을에 우물이 생긴 것이다. 아낙들은 마을 우물에서 두레박질을 하여 물을 길어 올려 수다 반 흙 반 섞어가며 빨래를 했다. 그러나 새마을운동으로 만들어진 각하의 하사품 같은 우물은 귀한 식수였으므로 빨래를 하면 곤란했다. 마을 이장은 우물 터 완공을 기념하기 위하여 네모난 우물 앞 담에 군대식 경고장을 새겼다.

경고

이재부터는빨래을

자진이 금합시다

자 1971. 3. 31.

네모난 궁항 마을 우물과 두레박줄과 담벼락 경고문

이 마을에서 맞춤법이나 띄어쓰기는 중요하지 않았다. '이제부터'를 '이재부터'로 쓰고, '빨래를'을 '빨래을'로 쓴들, 그리고 '자진해서 하지 맙시다'를 '자진이 금합시다'로 적은 정겨운 토속체가 문제 될 게 없었다. "경고 불응하면 발포한다"를 떠올리게 하는 이장의 국어 실력보다는 고기잡이로 소득을 올리는 기술이나 쌀 한 섬을 더 수확하는 방법이 중요했다. 너 나 없이 까막눈이 많던 시절, 언어는 기호에 불과했고, 귀로 감지할 수 있는 말의 외적 형식, 즉 시니피앙signifiant으로서의 말이면 족했다. 글을 모르고 쓴 글이 틀려도 부끄러울 것 없는 동네에서 담에 새겨진 글씨는 대충 알아들으면 되는 신호였다.

네모난 우물과 두레박줄과 담벼락 경고문을 보고 있자니 1970년대 한복판에 서 있는 것 같았다.

바닷가 마을 사람들은 달나라로 가고 싶어 했다.

두레박을 쏘아 올려 달나라로 갈 수 있다면 더없이 좋으련만 달나라는 달나라에 없었다. 이 세상 끝 어디에도 어부들이 갈 달나라는 없었다. 어부들의 달나라는 쪽배였다. 어부들은 하얀 쪽배에서 태어나 고기를 잡고 그물을 수선하다 때가 되면 검푸른 쪽배를 타고 은하수를 건너갔다.

머리가 허옇게 세어버린 살아남은 어부라고 달나라를 찾

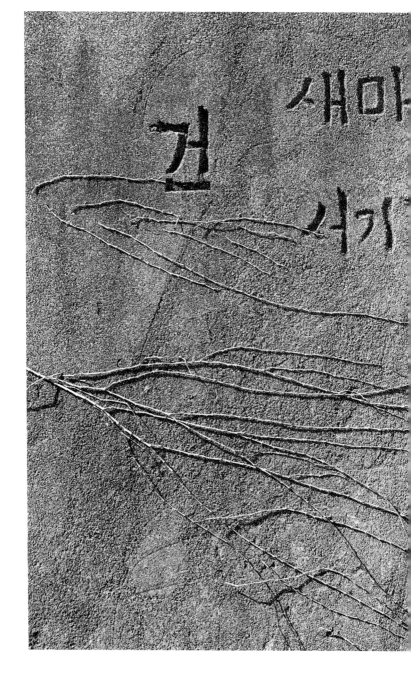

궁항 마을 우물 완공을 기념하는 담벼락 글씨

은 것은 아니다. 달나라 같은 건 애초부터 없었는지 모른다. 우물에서 물을 긷는 사람은 사라지고, 우물에는 더러운 물만 고여 썩고, 우물 속 같은 깊은 침묵만이 남은 우물.

누군가에게 맑은 물 줄 수 있는 우물이 되고 싶은 우물이 있었다. 목마른 이데올로기에게도 물 한 바가지 떠주고 싶은 우물이 있었다. 우물 앞 담벼락에 새겨진 글씨는 한 시대의 이데올로기의 종말을 고하는 말이 되었다. 차라리 담벼락에 글씨를 새기지 말고 나무를 심었더라면, 슈베르트 연가곡에 나오는 우물가 보리수나무를 심었더라면, 도시를 공공예술의 밭으로 생각한 요제프 보이스처럼 〈7000 그루 떡갈나무〉 같은 나무를 심었더라면……

담벼락 글씨에 새겨진 정념은 이데올로기나 예술을 반영하곤 한다. 이데올로기나 예술이나 동시대에는 포스트모던하게 보이기 때문일까.

예술의 종말이라고 다를 건 없다. 저 몽환적 우울함 도사리고 있는 우물이야말로 폐기된 예술의 종말이지 않은가.

하긴 이데올로기 종말이나 예술의 종말이나 한 끗 차이다.

밥의 몰락, 거룩한 조리

라디오에서 드보르자크의 〈어머니가 가르쳐주신 노래〉가 흘러나오면 무심코 하던 일을 멈추게 된다. 잊고 지냈던 어릴 적 추억이 순간적으로 시간을 정지시켰기 때문이다. 불멸의 시간을 멈춘 것은 시간마저 삼켜버린 우주공간의 블랙홀도 아니고, 드레스덴 젬퍼 오퍼의 〈마술피리〉 아리아도 아니고, 제비꽃의 침묵도 아니다. 시베리아 횡단열차 삼등석에 몸을 싣고 자작나무 숲 펼쳐진 설원을 바라보던 여행자나, 비 오는 카페에서 커피 한 잔에 행복해하는 사람이나, 리어카에 걸터앉아 국수 한 그릇을 먹는 날품팔이나, 저마다의 시간을 잠시 정지당하는 노래 몇 곡쯤은 있다.

내 경우 미키스 테오도라키스가 만든 그리스 노래라든지, 리스본 밤 항구 허름한 술집에서 들릴 것 같은 아말리아 호드리게스의 파두fado라든지, 한영애가 부르는 〈봄날은 간다〉라든지, 시간의 실타래에서 시간의 실을 풀어내는 소리가 나는 브람스의 〈클라리넷 5중주〉라든지, 마를레네 디트리히의 독일 노래와 프랑수아즈 아르디의 샹송, 그런 노래들이 유성처럼 사라져가는 시간을 순간 정지시켜준다.

애수 어린 바람 한 줄기 싣고 오는 노래들은 시간을 멈칫하게 한다. 시간의 정지! 완전한 침묵을 끌고 가는 불멸의 시간이 노래와 부딪쳐 인간적인 모습을 드러내는 순간이다. 〈어머니가 가르쳐주신 노래〉를 들으면 노을 지는 금빛 바닷가에서 찰랑거리는 슬프고 아름다운 소리가 심장에 와닿는다. 슬프지만 비창의 슬픔은 아닌, 아름답지만 비창미는 아닌, 어머니의 눈웃음 같은 슬픔.

오래전 하동 평사리 마을을 보며 한국의 전형적인 시골 풍경을 간직한 곳이라 여겼었다. 병풍처럼 마을을 품은 산과 너른 들녘과 섬진강이 휘돌아 흐르는 지세는 가슴을 탁 트이게 했다. 30여 년 전 풍경이니 시골이 시골다움을 잃지 않았고 인심을 잃지 않았던 때다. 사진 찍느라 끼니를 거른 나를 안쓰러워하던 한 어머니가 생면부지의 내게 밥상을 차려주셨다. 밥상이 어찌나 거룩하던지 바로 수저를 들 수 없었다. 빨간 맨드라미 핀 장독대 앞에 밥상을 놓고 감사하는 마음으로 사진을 찍은 후 밥을 먹었다.

시골집 담장은 대개 야트막한 돌각담이나 황토에 옥수숫대를 넣은 흙담, 돌과 돌 사이 황토나 진흙을 개어 만든 흙돌담인데 사진 속 이 집은 담이 없었다. 담이 없다 보니 벽이 담이다. 벽에 걸린 조리가 구수한 가을 햇살을 받고 있었다.

세상엔 조리笊籬를 아는 사람과 조리를 모르는 사람이 있다.

조리는 쌀을 이는 도구다. 가는 대오리나 싸리로 결어 조그만 삼태기 모양으로 만드는데, 손잡이가 기다랗게 달렸다. 벽에 달린 조리를 보는 순간 가슴이 뭉클했다. 뷰파인더로 보이는 프레임 속에 빛이 좀 더 차오르기를 기다리며 도둑질하는 것도 아닌데 괜히 가슴이 두근두근거렸다. 하긴 나는 지금 도둑이 아닌가! 사진을 찍는다는 것은 피사체를 훔치는 일이다. 보이는 순간을 훔치고, 보이지 않는 미를 훔치고, 사라져가는 정신을 훔치고, 심연을 훔치고, 은유를 훔치고, 그렇게 세계를 훔쳐 빛과 이미지의 동화를 만드는 도둑!

햇빛에 기대어 빛이 조금만 더 수그러들기를 기다렸다. 햇빛이 쨍쨍할 때는 난반사를 일으켜 콘트라스트가 강해지지만, 햇빛이 수그러들면 빛이 은유적으로 바뀌어 음영이 깊어진다. 빛 도둑질을 하기에 앞서 빛을 기다리는 시간은 행복하다. 햇빛을 바라보며 한결 은연해진 햇빛을 기다리다 어느 순

간, 잘 익은 빛을 내 안에 들인다는 게 얼마나 거룩한가, 빛이 내 몸에서 자랄 것만 같다.

그사이 혹시 누군가가 밥 짓는다고 조리를 가져가면 어쩌나, 멍멍이한테는 짖지 말라고 고사를 지내는 심정이 됐다. 드디어 뷰파인더로 보이는 잘 익은 초가을 오후 빛이 나뭇등걸에 기대 조리에 닿는 순간, 나이 든 어머니 살결 같은 빛바랜 황토벽을 직사각형의 카메라 형상 공간에 담았다. 지금 내 카메라에는 평사리 햇빛과 나뭇등걸과 낮에 나온 반달과 하얀 별, 나이 든 어머니가 쌀을 이는 조리와 오래된 황토벽에 투명한 공기, 가을바람 한 줌도 들어 있다.

벽에 걸린 조리를 처음 보는 순간, 나도 모르게 "아, 참 거룩하다!"란 말이 나왔다.

사라져버린 유물이라고 여겼는데 20세기가 저물어갈 무렵 만난, 20세기까지 우리에게 밥을 지어 먹여준 조리! 저렇게 당당히 햇빛을 받고 있다니, 어둑한 부엌 구석에 있지 않고, 저렇게 햇빛 드는 벽에 걸려 부처님같이 계시다니! 쌀을 이고 난 물기 젖은 조리를 말릴 심산으로 이 집 어머니는 벽에 조리를 걸어놓았을 뿐인데, 다시 보지 못할 풍경 앞에서 나는 미에 감전당한 사람처럼 고요히 서 있었다.

나무 그림자 비친 황토벽에 걸린 조리를 보며 저것은 사물이 아니라 사람이라고 생각했다. 저 조리는 〈20세기의 인간상Menschen des 20.Jahrhunderts〉을 사진에 담고자 했던 아우구스트 잔더August Sander의 사진 작품에서 본 것 같은 인간의 초상을 닮았다. 잔더는 독일 바이마르 시대의 인간군상들, 즉 농부, 노동자, 자본가, 수공업자, 예술가, 지식인, 집시, 실업자, 그리고 여성을 사진이라는 종이 거울에 집결시켰다.

잔더는 피사체를 왜곡하지 않고 정직하고 소박하게, 그러나 인간의 심리적 심연까지 통찰하며 〈시대의 얼굴Antlitz der Zeit〉을 담아내고자 했다. "보고, 관찰하고, 생각하기Sehen, Beobachten und Denken"라는 그의 발언대로 잔더는 이성적 사유의 아우라가 사진에서 세부적으로 구현되기를 바랐고 또 그렇게 사진술을 펼쳤다.

아우구스트 잔더를 예술적으로 신즉물주의Neue Sachlichkeit의 상징으로 말하는 것도, 사물의 본질에 대한 냉정한 관찰과 적확한 묘사를 주장하는 신즉물주의의 원칙과 이상을 사진에 충실히 반영했기 때문이다. 소설가 알프레드 되블린이 잔더의 사진 작업을 두고 "문자가 아닌 것으로 씌어진 사회학"이라 말한 것은, 그의 사진이 단순히 인간 외면을 표상하지 않고, 다양한 직업과 계층에 있는 인간 존재의 고독한 이면을 잘 보여주기 때문일 것이다.

그런 이유에서인지 저 조리가, 내게는 사진으로 쓴 20세기 자화상이고 밥으로 씌어진 사회학이며, 잔더의 사진집 '20세기의 인간상'에 비친 한 시골 아낙처럼 보였다.

벽을 튼튼히 하기 위해 가로 덧댄 나무와 기둥 요량으로 세로 선 나무는 네모반듯한 목재로 하여 시각적으로 상쾌하고, 구도적으로도 평면을 수평 수직으로 분할하여 안정감과 미적 편안함을 준다. 세월에 닳아 벽면 황토가 떨어져 나간 자리에 옥수숫대가 드러났다. 가난해 보이지만 궁핍하지 않게 보였고 파멸해가는 것들 속에서 파멸당하지 않는 당당함을 보여준다.

나뭇등걸 그림자가 조리와 황토 벽면에 짙게 드리우지 않았다면 사진의 미학적 완성도가 떨어졌을지 모른다. 그림자는 햇빛나라 은둔자가 산책을 하며 남긴 흔적이다. 햇빛이 사그라지기 전에 햇빛의 안쪽에 하루의 상처를 치유하며 남긴 침묵의 언어. 우리는 햇빛의 안쪽에 난 그림자를 통해 그늘의 아름다움에 이른다.

밥의 몰락.

어머니가 조리로 쌀을 이고 밥을 지어주시면, 그 밥을 먹고 길을 나서던 시절은 행복했다. 행복이 무엇인지 알 수 없었지만 밥솥에서 피어오르던 희뿌연 김만큼 행복이 잡히던 시절. 밥이 어머니였다. 밥 속에는 어머니가 계셨다.

오래된 사물에는 삶이 가르쳐준 소리가 있게 마련인데, 조리는 어머니 소리가 깃들어 있는 도구라고 생각했다. 쌀을 씻은 뒤 물에 가라앉은 쌀 위에서 조리를 돌리면 신기하게도 쌀이 조리 속에 담겼다. 그렇게 쌀을 이고 나면 맨 밑바닥에는 물에 가라앉은 아주 작은 돌 부스러기 몇 개가 나타났다. 어머니는 조리 마법사였다. 시골집 어머니는 아침저녁 조리로 쌀을 이면서 무슨 생각을 하셨을까. 쌀뜨물은 된장찌개 끓이려 냄비에 부어놓고, 묵묵히 조리를 돌려 쌀을 이며 어디를 나녀오실 생각을 하셨을까.

초승달 빛이라도 비치는 저녁 무렵이면 어머니는 달에 가셨다. 달밭에 가서 오이며 고추, 가지를 따 오고, 달집 처마 밑에 걸어 말린 시래기를 가지고 부엌으로 돌아오던 달의 여신. 낡은 옷 입은 어머니는 시골집 부엌 신전에서 조리로 쌀을 이는 우리 생의 가장 정결한 여신.

구석기인에 의해 도구가 처음 사용된 이래 누가 만들었는지 모르지만 문명의 진보에 파멸당한 조리는 밥의 몰락을 불러왔다. 어머니가 조리로 지은 밥을 먹을 수 없는 밥의 몰락.

저 집에 사는 어머니가 조리로 쌀을 이는 모습을 보고 싶었다. 이 집 부엌에선 아궁이에 불을 때 밥을 짓고 있다. 육중한 무쇠솥 뚜껑 틈새를 밀치고 하얀 수증기를 뿜어내는 밥 연기에선 빈속을 할퀴는 그리운 밥 냄새가 날 것이다. 밥이 뜸 들면 무쇠솥은 들어 올리지 않고 뒤로 밀쳐놓고 밥을 푼다. 슬 그머니, 무쇠솥 뚜껑을 뒤로 밀면 마그마가 솟구쳐 오르는 화 산 분화구처럼 솥에선 하얀 김이 쏟아져 나올 것이다.

어쩌면 우리 시대의 마지막 풍경이었을지도 모를 저 조리 로 지은 밥은 먹을 수 없었다. 시골집 낯선 어머니께 밥을 해 달라고 말할 용기가 없었다. 조리가 걸려 있는 벽만 우두커니 바라보며 드보르자크의 〈어머니가 가르쳐주신 노래〉를 생각 했다.

〈어머니가 가르쳐주신 노래Als die alte Mutter sang〉는 드보르자 크가 보헤미아의 시인 헤이두크Adolf Heyduk의 시에 곡을 붙여 일곱 개의 연가곡을 만든 〈집시의 노래Zigeunermelodien〉에 수록 되어 있어서인지 보헤미아풍이 느껴지지만, 〈어머니가 가르 쳐주신 노래〉는 보헤미아적이든, 하동 평사리적이든 어머니 라는 주제는 다를 게 없다. 설령 어머니가 노래를 불러주지 않았다고 어머니가 노래를 가르쳐주지 않은 것은 아니다. 어 머니의 삶 자체가 어머니의 노래다.

Als die alte Mutter mich noch lehrte singen,

Tränen in den Wimpern gar so oft ihr hingen,

Jetzt, wo ich die Kleinen selber üb'im Sange,

rieslt's in den Bart oft, riesel't von der braunen Wange.

늙으신 어머니께서 내게 노래를 가르쳐주실 때,

어머니는 눈가에 맺힌 눈물을 감추셨지요,

이제 내 아이들에게 그 노래를 들려주노라니,

내 그을린 두 뺨에도 눈물이 묻어납니다.

이돌프 헤이두크의 시에 붙인 안토닌 드보르자크의 곡
〈어머니가 가르쳐주신 노래〉 가사

섣달그믐에 집집마다 복조리를 놓고 가는 풍습도 이젠 옛일이 된 지 오래다. 사라져가는 것들은 사라져가므로 아름답다. 그러나 어머니가 가르쳐주신 삶과 사랑의 노래는 사라지지 않는다. 사노라면 잊을 때도 있지만 불현듯 솟구쳐 올라 다시 삶이 되어주는 어머니가 가르쳐주신 노래는, 불멸하는 시간 속에서 불멸이 되어간다.

철사로 꿰맨 아버지의 성곽

저것은 담장이 아니다.

어머니가 아이들 터진 옷을 바느질하듯 아버지가 바늘에 굵은 철사를 꿰어 담장을 꿰매놓았다. 저것은 식구들 비바람 눈보라 맞지 말라고 땀으로 지은 아버지의 성곽이다. 촌구석 언덕 집에 헌 담을 허물고 새로 지은 시멘트 블록 담은 어떤 일인지 금이 가게 됐다. 아버지는 상심했고 어머니는 "어찌해야 쓸까! 어찌해야 쓸까 잉!"을 연발하셨다.

아버지는 고심 끝에 지상에서 제일 큰 바늘을 꺼냈다. 거대한 바늘귀에 굵은 철사를 넣어 담을 꿰매기 시작했다. 아버지의 바느질은 정교했다. 전봇대가 그림자를 길게 드리워 대 자 역할을 했다. 자로 잰 듯 간격을 벌리고 줄에 맞춰 한 땀 한 땀 담을 바느질했다. 아버지의 손마디는 굵고 투박했지

만 땅을 갈아 곡식을 심던 눈썰미로 담을 꿰매 놓았다.

시멘트 담벼락을 꿰맨 아버지의 바느질은 요한 제바스티안 바흐의 〈파르티타 2번 다단조 BWV 826〉 피아노 선율처럼 명징하고, 서정적이고, 아름다웠다. 맨 위의 첫째 줄과 둘째 줄 사이는 간격을 약간 더 벌리고, 셋째와 넷째 줄은 균일하게 맞추더니, 죽대와 담이 맞닿은 부분은 간격을 짧게 꿰매 견고성을 높였다. 아버지만의 규칙이 있는 것 같았다. 담이 허물어지지 않게 물체에 작용하는 외력을 계산한 아버지만의 비법 같았다.

평생을 식구들을 위해 묵묵히 헌신한 아버지의 굵은 땀방울이 배어 있기 때문일까? 울타리가 되어야 한다는 가장의 무게가 담을 버티게 해서일까? 주제에 대한 응답, 다시 그 응답에 대응하는 또 다른 큰 주제가 규칙적으로 전개되는 바흐의 푸가 양식처럼, 아버지의 삶은 밥벌이란 주제에 대한 응답과 응답의 연속인, 밥을 위한 '대 푸가' 양식을 만들었다.

돌을 얼기설기 쌓았던 옛 담벼락은 죽대로 남아 시멘트 블록 담을 떠받치고 있다.

이 집 농부의 눈썰미가 미적인 것은 새로 건축하지 않고 예전 돌담을 축대 삼아 담을 쌓았다는 것이다. 그래서인지 담장은 더 정감을 갖게 한다. 담장을 볼 때마다 옛 사람들의 돌각담 건축술에 새삼 놀란다. 눈썰미 하나로 돌을 놓아 척척 담을 만들었을 뿐인데 백년이 되어도 허물어지지 않으니 필경 어떤 주술이 있는 게 분명하다.

촌에서 나고 자라 평생을 살아온 아버지는 아버지의 아버지가 돌담을 쌓고 사는 걸 본 덕에, 돌에는 어떤 주술이 있다고 믿어 예전 돌담을 축대처럼 놔둔 것은 아닌지. 참 정성스레 곱게도 바느질한 아버지의 꿈이 담에서 영글어가고 있었다.

저것은 담장이 아니다.

아버지와 어머니의 추억이 건축한 성곽이다. 사랑으로 축조된 울타리다. 담은 막혀 있지만, 투명한 담처럼 보였다. 담을 향해 걸어가면 투명인간처럼 담을 통과 할 수 있는 마술의 담이 되어줄 것만 같았다. 마치 마르셀 에메의 소설 『벽으로 드나드는 남자』에 나오는 주인공처럼, 아버지는 벽을 드나들며 담장을 꿰멘 것 같았다. 담은 벽도 되지만 길도 되고 마음이 되어 흩어져버린 시간을 이어준다.

자식들은 뿔뿔이 흩어져 살기 바쁘고 서리가 하얗게 내려앉은 노부부가 담장이 되어가는 풍경을 보며 김환기의 그림을 떠올렸다.

〈어디서 무엇이 되어 다시 만나랴〉는 수화 김환기가 그리움을 찍어 만든 작품이다. 뉴욕에서 시인 김광섭의 잘못된 부고를 듣고는 상실감과 허무한 마음에 별 같은 그리움을 캔버스에 새겨 넣었다는 작품. 「성북동 비둘기」로 잘 알려진 김광섭의 시 「저녁에」가 생각났다.

저렇게 많은 중에서

별 하나가 나를 내려다본다

이렇게 많은 사람 중에서

그 별 하나를 쳐다본다

(중략)

이렇게 정다운

너 하나 나 하나는

어디서 무엇이 되어

다시 만나랴

김광섭, 「저녁에」 부분

별은 그리움의 대상이기 전에 과학적으로 사람의 몸을 구성하고 있는 물질이다. 우주가 처음 열리던 날, 빅뱅에서 터져 나온 별의 찌꺼기가 사람의 뼈를 구성하고 있는 물질이라니 신기할 뿐이다. 그렇지만 별과 사람의 연결 고리를 과학적으로 생각하는 건 너무 멀리 있는 동화 같은 이야기일지도 모른다. 김환기는 시인에 대한 그리움으로 시의 힘을 빌려 그림을 그렸다. 화가라는 이름의 샤먼이 접신을 하듯 불타는 정염 속에서, 정염마저 말갛게 가라앉히고 남은 그리움으로, 그리움의 신 앞에 바친, 초인 같은 기도였다고 할까.

김환기의 〈어디서 무엇이 되어 다시 만나랴〉를 볼 때마다 그리움으로 빚은 성채라고 생각했다. 시골 마을에서 만난 철사로 꿰맨 담장은 담장이 아니다. 김환기가 그리움으로 지은 우주를 캔버스에 건축했듯, 아버지는 식구들의 바람막이가 되려는 일념으로 아내와 딸과 아들의 얼굴을 새겨 담장을 세웠고, 금이 간 담장을 철사로 꿰매 초현실적인 예술의 생을 완성했으니 "이렇게 정다운/너 하나 나 하나는/어디서 무엇이 되어/다시 만나랴."

사노라면 길이 잘 보이지 않아 막막할 때가 있고 길이 보이더라도 선뜻 그 길을 가기 쉽지 않을 때가 있다. 그럴 때면 담장이 말을 걸어올 적이 있다. 길을 걷다 보면 길이 보였다.

담장은 예술적인 '것'을 보여주는 친구 같았고, 방랑하는 길목에서 생의 신비한 이야기를 들려주는 현자 같았다.

벽으로만 알았던 담에 길이 나고 사람이 보였다. 길을 찾는 힘은 언제나 내 안에 잠재되어 있었던 것이다.

민들레 홀씨 타고 떠난 아름다운 담장 건축술,
〈20세기의 종말Das Ende des 20. Jahrhunderts〉

건축술은 고대 그리스 때부터 예술에 속했다.

'예술art'이라는 말의 어원이 라틴어 '아르스ars'에서 나왔고, 아르스는 그리스어 '테크네techne'를 직역한 것이라는 미학사가 타타르키비츠W. Tatarkiewicz의 말을 떠올리지 않더라도, 현재 통용되는 예술로서의 아트는 오랜 시간에 걸쳐 변화해 왔다는 것은 사실이다. 그리스 시대의 예술, 즉 테크네는 솜씨skill로서의 예술적 성격이 강했다. 솜씨가 발휘되는 집짓기, 배 만들기, 단지 굽기, 옷가지를 만드는 양복장이, 심지어는 군대를 통솔하는 지휘술과 기하학자, 수사학자 등까지 예술의 범주에 속했다니 그렇다. 흥미롭게도 고대 그리스인들은 시를 뮤즈의 영감에서 나온다 하여 예술로 쳐주지 않았고, 이는 "비합리적인 작업을 예술로 지칭하지 않는다"라고 했던

플라톤의 글을 통해서도 알 수 있으니 '시인 추방론'이 괜히 나온 것은 아닌 듯하다.

　건축술이 고대 그리스 시대부터 예술의 범주에 들었다는 역사적 사실을 확인하지 않더라도, 사진 속 시골 마을의 담장 건축술이야말로 예술의 정수를 느끼게 한다. 시골 촌부들이 건축의 향연을 벌인 저 담장만큼 아방가르드적인 게 또 있을까! 저 담장은 삶 속의 전위예술을 장엄하게 건축해놓았다. 휘황찬란한 건축 자재를 쓴 것도 아니고 이름만 대면 알 만한 건축가가 설계를 한 것은 더욱 아니지만, 오히려 그래서 정감 가고 실용적인 건축술이다. 그 마을의 산과 들, 강, 계곡에서 나는 돌과 나무, 흙을 사용해 질감 좋게 담장을 만들었으니 이보다 더 아름다운 오브제를 이용한 대지예술은 없다.

　건물 벽에 나무를 엇대어 한껏 미를 뽐낸 독일의 건축양식처럼 황토를 짓이겨 만든 담장에는 나무를 덧대어 비스듬히 놓음으로써 튼실함과 미를 함께 재현했다. 오랜 시간이 지나면서 황토는 황토대로 물이 빠지고, 나무는 나무대로 빛이 바래 처연해 보이지만 순정한 모습을 띠고 있다. 돌담 아래 민들레 홀씨 하나가 비상을 준비하고 있었다. 꽃이 지고 홀씨마저 날아간 자리에는 무엇이 남아 있을까?

　한 세기의 종말을 보는 것처럼 다시 돌아오지 않을 궁핍한 시대의 초상화가 저 담장 건축술에 새겨져 있다. 나는 저 담장 앞에서 처연하게 흙과 나무와 돌과 사람들의 숨결로 건축된 아름다운 흔적을 보았다. 황토는 물이 빠져 말갛게 변해가는 중이고 나무는 눈에 띄게 퇴색하여 해사한 빛깔을 보인다. 나뭇결무늬가 시간에 닳아 시간이 되어가는 중이지만, 나무는 쓰러져 꽃을 피우지 못하고 열매를 맺지 못해도 아름다운 미의 나무로 변신하여 감동을 준다. 돌로 쌓은 축대는 미의 결정체다. 얼기설기 쌓아 축대를 만든 견고한 돌멩이가 없었더라면 담장은 견고한 조형미를 보여주지 못했을지 모른다.

저 담을 만든 사람들은 별이 된 지 오래다.

어떤 이는 별이 되기도 했고, 어떤 이는 햇빛에 살기도 할 것이다. 또 어떤 이는 민들레 홀씨로 남겨져 환생을 꿈꾸기도 할 것이고, 돌이 되어 시간을 위반하며 사는 이도 있을 것이고, 나무처럼 견고한 기둥으로 사는 이도 있을 것이며, 흙처럼 생명을 품어 씨앗의 숨을 트게 하며 윤회의 생을 사는 이도 있을 것이다. 이제는 저 담장을 기억하는 사람 또한 드물고, 어느 누구 하나 담장을 쓰다듬어보지 않고 눈길 한번 주지 않는 시대가 되었다. 오가는 사람도 별로 없는 농가의 담장은 낙원을 꿈꾸던 이들의 숨결만 간직한 유물이 되었다. 20세기가 되기까지 삶을 변화시켜온 촌사람들의 담장 축성술이 집대

요제프 보이스, 〈20세기의 종말〉, 1983~1985

성된 걸작을 보면 20세기의 종언을 보여주는 한 예술가의 작품이 생각난다.

독일의 조각가·설치미술가·행위예술가인 요제프 보이스_{Joseph Beuys}(1921~1986)는 〈20세기의 종말_{Das Ende des 20. Jahrhunderts}〉이란 설치 작품을 통해 한 세기이 끝괴 다가올 세기의 열림을 예술적으로 예언했다. 예술은 근원적으로 기존 질서를 반박하며 새로운 것을 창조한다는 의미에서 아방가르드적인 속성이 있다. 특히 20세기 초의 다다이즘_{Dadaismus}, 초현실주의_{Surrealismus} 같은 아방가르드 운동은 그 이전까지의 지배 질서를 거부하고, 기존의 전통예술을 전복시키며, 세계의 변혁과 혁명적인 정신의 반란을 선언했다. 질풍노도처럼 20세기 초를 수놓은 현대미술은 예술이 세계와의 불화를 어떻게 보여주는지 은유적 상상을 통해 표현해왔다.

전위예술가 요제프 보이스가 "모든 사람은 예술가다_{jeder Mensch ein künstler}"라고 말한 것도 예술 작품이 사회적 유기체이며, 모든 사람이 사회적 유기체의 창조자가 될 때 결실을 맺을 것이란 신념에서 일 것이다. 인간이 자연과 조화를 이루기 위하여 예술의 사회적 실천을 강조했던 그가, '카셀 도쿠멘타'에서 한 〈7000그루 떡갈나무_{7000 Eichen}〉(1982) 퍼포먼스와 슈멜라 갤러리에서 벌인 〈죽은 토끼에게 그림을 어떻게 설명

할 것인가?Wie man dem toten Hasen die Bilder erklärt〉(1965)라는 퍼포먼스는 그러한 그의 예술관을 잘 보여주고 있다.

요제프 보이스의 기념비적인 마지막 조각 설치 작품인 〈20세기의 종말Das Ende des 20. Jahrhunderts〉(1983)은 거대한 돌기둥을 바닥에 흐트러뜨려 놓기만 했을 뿐인데도 한 세기의 종언을 예감하게 한다. 그는 현무암 돌기둥에 구멍을 뚫어 점토와 펠트를 삽입하여 돌이 아프지 않고 따뜻하게 지낼 수 있도록 하고는, 돌 마개를 닫은 후, 거대한 돌 조각 기둥들을 석기시대의 식물과 같다고 말했다. 돌이라는 사물에서 예술적인 것을 찾은 심미성과 돌을 석기시대의 식물에 비유한 정념은 보이스를 예술적인 샤먼으로 보이게 한다. 하긴 현무암이 옛날 옛적에는 지구 내부에 눌려있다가 땅을 뚫고 나온 불의 강이 딱딱하게 굳은 것이니 돌덩어리에는 분출하는 무언가가 깃들어 있음을 느끼게 했다. 그것은 요제프 보이스의 말처럼 석기시대의 식물일 수도 있고, 한때 불덩이였던 돌의 기억을 어루만져주는 바람일 수도 있고, 지난 20세기까지 돌에 난 상처를 치유하는 예술가의 주술 같기도 했다.

〈20세기의 종말〉은 한 시대가 저무는 것에 대한 예술가의 선언적 퍼포먼스일 수도 있지만, 보이스는 단순히 한 세기가 마감된다는 것을 보여준다기보다, 석기시대가 상징하는 돌과 흙의 문화 패러다임이 낯선 영역의 세기로 진입하고 있음을 작품을 통해 은유적으로 제시한 것이다.

　전라도 시골 담장에서 느껴지는 광휘로운 아우라 역시 〈20세기의 종말〉에서 느낀 이미지와 다르지 않다. 돌과 흙과 나무로 만들어져 오랜 세월 버텨온 담장은 다시 돌아갈 수 없는 20세기의 목가적인 풍경을 반추하게 한다. 그것은 다시 돌아갈 수 없는 시대에 대한 미련이나 동경, 그리움이 아니다. 지지리도 못 살고, 못나 보이고, 궁핍하기까지 했지만 그 시절에는 집집마다 저런 담장을 쉽게 세울 수 있던 마을만의 축성술이 있었다. 말이 축성술이지 그 시대에는 마을마다 돌담을 쌓는다든지, 미장이 일을 한다든지, 굴뚝을 놓는다든지, 온돌방을 뜯어 구들장을 놓고 방고래를 손본다든지 하는 일들을 하는 이들을 쉬이 찾을 수 있었다. 20세기는 인간의 본질적이고 인문적인 의미에서 게마인샤프트Gemeinschaft적인 경향을 보여준다.

　내가 만났던 담장은 20세기적인 공동체 마을 구조에서 탄생할 수 있었던 미의 온상이었다. 특별하지는 않았지만 조금만 관심을 갖고 보면 우리 영혼이 담장과 교감하여 내 안에 잠들어있는 미의 신성을 깨웠다. 사람에게는 누구나 아름다움을 감지할 수 있는 신성이 있다. 의연한 모습으로 사라져가고 있는 담장이 애련하게 보이는 것은 미의 신성이 나를 깨우기 때문이다.

분홍색 함석 담장, 현경과 영애,
그리고 〈아름다운 사람〉

어두운 비 내려오면

처마 밑에 한 아이

울고 서 있네

그 맑은 두 눈에

빗물 고이면

아름다운 그이는

사람이어라

현경과 영애, 〈아름다운 사람〉 1절 전문

현경과 영애 LP 재킷(1974)

검정색 LP판을 걸고 바늘을 올리니 따뜻한 잡음을 내며 낯익은 노래가 들려온다. 페인트 색깔이 곱게 바랜 분홍색 함석 담장을 볼 때 제일 먼저 생각난 노래가 '현경과 영애'가 부른 〈아름다운 사람〉이었다.

1974년 초판 LP 재킷에 실린 '현경과 영애' 모습과 그녀들이 부르는 〈아름다운 사람〉은 순수했던 시절을 표상한다. 누구에게나 그렇듯이 순수했던 시절은 실낙원 같다. 돌아가고 싶지만 돌아갈 수 없으므로 아름다운, 잃어버린 낙원. 순수했던 시절은 무겁고 우울한 허무가 가슴 한쪽에 자리하고, 세상을 사랑하고 사람을 사랑했지만 이룰 수 없는 사랑의 처연함이 다른 한쪽에 자리한다.

광기라든지 무모함이라든지 치기 어린 오만마저도 순수로 빛날 수 있는 것은 푸른 영혼이 현실과 충돌하기 때문이다. 자신이 신봉하는 것을 위해 십자가를 짊어진 순교자가 될 수 있는 것도 순수에의 의지 때문이다. 내리는 눈 속에 나무처럼 서 있는 사람만 보아도 그리움에 가슴 한쪽이 저려오고, 가진 것 없어도 싱싱한 눈빛만으로 심장에 피가 돌던 시절. 누구에게나 그런 풋사과 같은 시절은 있다. 누구에게나 눈물이 아름다운 시절은 있다. 시대에 대한 저항마저 아름다움으로 표현할 수 있다면 혁명은 초록 잎 무성한 나무와 눈물 머금은 이들의 별빛 눈동자에도 있다.

'현경과 영애'의 음색을 색채언어로 표현하면 순수의 징표라 할 흰색의 무無요, 칸트의 철학언어로 표현하면 '무제약적으로 선하고자 하는 의지 der unbedingt gute Wille', 즉 인간 내면에 내재된 '선의지'를 가장 선한 목소리로 들려준다고 할 수 있다. 영혼에 울림을 주는 그녀들의 노래를 들으면 누구든 마음이 선해지는 순간을 경험할 수 있을 것이다. 영혼의 빛이 순수했던 시절에 부른 노래가 '현경과 영애'가 부르는 〈아름다운 사람〉이라고 생각했다.

안팎에 아연을 입힌 얇은 철판을 함석이라고 한다.

아스팔트 찌꺼기로 코팅을 한 두꺼운 종이로 지붕을 만들어 얹은 루핑집, 판잣집과 더불어 함석으로 만든 함석집을 서울에서도 볼 수 있던 시절이 있었다. 비라도 내리면 투다닥거리는 빗소리 요란했을 함석 담장에 주인은 화사한 분홍색 페인트를 칠했다.

꽃분홍색이었을 담장도 시간에 잠식되어 이제는 빛바랜 분홍색을 띠고 있다. 화려했을 담장의 시간들이 지고 있다. 그 시간들을 반추하려는지 밭에서 날아온 유채꽃 씨앗이 환한 노란색 꽃을 잔뜩 피웠다. 덩그마니 함석 담장에 붙어 있는 우편함은 소식이 끊긴 지 오래되어 보였다. 누렇게 퇴색한 전기요금 수도요금 주민세 고지서만이 잃어버린 시간들을 증언한다. 세상과 유폐되어 별과 달과 꽃의 시간만이 고여 있는 작은 우편함. 유채꽃마저 담뿍 피어 있지 않았더라면 타클라마칸 사막 끄트머리 어느 마을에서 형해形骸화되어가는 빈집 벽처럼 보였을지 모른다. 사라져가는 게 비단 오래된 담벼락만은 아니지 않는가. 풀꽃과 나무들, 새와 벌레들, 그리고 사람과 사람들 역시 천수가 다하면 그리되는 것이니.

    풍경을 액자화하면 미학이 보인다.

    그러나 풍경 속의 액자화된 미학은 이상주의적인 미학이 아니다. 아름다움이 거세된 숭고함이라고 할까. 로고스적인 아름다움은 지금, 이곳에서 재앙이 된 지 오래다. 더구나 그것이 삶의 궁핍했던 시간을 비추는 분홍색 함석 담장 같을 때 미학은 불편해지고 미학은 비미학에 가까워진다. 두드리면 탕, 탕, 우당탕 소리가 나고 밟으면 구겨져버리는 함석판은 예술적인 '것'만 남고 삶은 해체되어버린 시대에 대한 비트뭉_{Widmung}(헌정)이다.

    분홍색 함석 담장은 아름다움을 전복시킨다.

    대상을 하염없이 바라보게 만드는 어떤 주술 깃든 비미학의 풍경이다. 분홍색 담장을 보며 에드워드 호퍼의 그림 〈아침 햇살〉이 생각났다. 호퍼의 그림들은 미학적으로 불편하다. 그의 그림들은 미학 안에 머물기보다 미학 바깥에 존재하고, 리얼리즘을 추구하면서도 형이상학적 동굴에서 꿈을 꾸기 때문이다. 그러나 호퍼의 형이상학은 로고스적인 형이상학이 아니다. 지극히 현실 안에 머무는 그림들이지만 호퍼의 그림은 현실을 초월한다. 호퍼는 사실주의적인 삶의 한 단면을 액자화하여 초현실주의자들이 꿈꿨던 삶의 이상, 정신의

각성을 냉정하게 보여준다.

　호퍼의 그림들 대부분이 그러하듯 이 작품도 예외 없이 우리 내부를 바라보게 한다.

　그림 속의 여자는 커다란 창밖을 하염없이 바라보고 있다. 그러나 여자가 보는 것은 창밖이 아니라 자신의 내부다. 아침 햇살 받은 침대의 흰색 시트 위에 앉아 분홍색 원피스를 걸치고 관능적인 허벅지를 드러낸 채 물끄러미 바깥을 쳐다보는 여자. 벽면을 비추는 큰 창문만 한 햇살 그림자는 내면을 보게 하는 거울이다. 투명한 아침 햇살 거울이 창밖을 바라보는 여자를 선명하게 부각시키고 있다. 아침 햇살이 자연의 거울이라면, 여자는 거울 속의 거울이다. 호퍼는 그림 속 여자를 아침햇살 거울에 옆모습을 비추게 하여, 여자의 거울, 즉 거울 속의 거울을 통해 독자 역시 내부를 바라보게 한다. 그러니까 호퍼는 그림 속 주인공들로 하여금 인간의 내면으로 가는 길을 닦게 하고, 독자들이 고독한 그 길을 걷게 한다. 그림 속 그 길을 걷는 이들이 때로는 침잠하고, 때로는 긴 한숨을 내쉬게 되고, 그리하여 삶을, 세계를, 전복시키려는 파르티잔처럼 우리가 낯선 이미지 혁명을 꿈꾸는 것은 그림이 내면을 정화시키고 있기 때문일 것이다. 사진 속 분홍색 함석 담장이나 호퍼의 〈아침 햇살〉 속 분홍색 원피스를 걸친 여자나 우리

에드워드 호퍼, 〈아침 햇살〉, 1952

내부를 하염없이 바라보게 하는 주술적 마력이 있다. 미학적이어서 아름다운 게 아니라 미학적이지 않아서 아름답다.

분홍색 함석 담장으로 봄이 지고 있다.

유채꽃은 어느 날 바람처럼 사라질 것이다. 나는 분홍색 함석 담장을 아름다운 사람이라고 여겼다. 아름다운 사람 만나기가 밤하늘 별 따는 것처럼 어려운 시대라지만 아름다운 사람은 우리 도처에서 꽃처럼 피어나고 있을 것이다. 저 분홍색 담장 앞에 핀 노란 유채꽃이 기약 없이 피고 지듯, 꽃 같은 이들도 어디선가 왔다 말없이 스쳐 지나고 있을 것이다. 다만 그 아름다운 순간을 낚아채는 것은 내 안에 있을 것이다. 분홍색 담장을 아름다운 사람으로 오래도록 착각하고 싶다.

〈아름다운 사람〉 노래가 서서히 끝나가고 있다.

"어두운 비 내려오면"으로 시작했던 이 노래의 낮은 음은, 2절 첫음절 "세찬 바람 불어오면"과 3절 첫음절 "새하얀 눈 내려오면"으로 이어지며, 마치 저음을 바탕으로 해서 화음이 화음의 집을 짓는 통주저음通奏低音, Generalbaß처럼 세속의 삶을 정화해준다.

분홍색 함석 담장이 그렇고, 호퍼의 〈아침 햇살〉 속 창밖을 바라보는 여자가 그렇듯, 사진과 노래와 그림 속 대상들은 순수의 흰색 무無를 연상시키며 지나가고 있다.

세찬 바람 불어오면

들판에 한 아이 달려가네

그 더운 가슴에 바람 안으면

아름다운 그이는

사람이어라

새 하얀 눈 내려오면

산 위에 한 아이 우뚝 서 있네

그 고운 마음에

노래 울리면

아름다운 그이는

사람이어라

그이는 아름다운 사람이어라

현경과 영애, 〈아름다운 사람〉 2, 3절 전문

낙타가 걸어간 담장에 드리운
감나무 그림자

사람은 누구에게나 영혼이 순정했던 시절이 있다.

아름다움을 아름답게 볼 수 있고, 부끄러움이 무엇인지, 잎사귀에 내려앉는 고통의 무게와 바람 앞에서도 괴로워하는 사람들에게 연민의 눈길을 보내고 함께 눈물 흘릴 수 있는 순정한 마음. 그러나 어찌 사람만 영혼이 순정했던 시절이 있었다고 말할 수 있을까. 담장이란 사물의 영혼이 순수했던 시절이 있었다면 하동 평사리의 흙돌담을 꼽을 것이다.

빈에서 본 것 같은 자연사박물관을 만든다면 나는 저 흙돌담을 원형 그대로 옮겨 보존하고 싶었다. 저 흙돌담을 살갑게 한 노릿노릿한 햇살과 담장에 웅숭깊게 기댄 늙은 감나무 그림자와 흙과 돌과 시간에 균열을 일으키고 간 바람 한 줌도 함께 잡아두고 싶었다.

무량한 시간들을 담아낸 담장의 시간은 가을 햇살 머금고 미소 짓는 할머니 얼굴의 주름 같아 보였다. 미소만으로 천 마디의 말을 대신하는 할머니의 얼굴 같은 담.

균열이 아름다워 보였다.

바람에 금 가고 천둥에 터지고 달빛에 닳아 물 빠진 담장을 보았다. 이끼마저 한 몸이 되어 빛바래가는 그 모습이 꼭 머리가 하얗게 세어가는 어머니를 닮았다. 저 담장도 어머니 꽃 각시 시절처럼 어여쁘고 싱싱한 때가 있었을 텐데. 어느새 시간에 닳고 닳아 해진 무명천처럼 나이가 들었다. 어머니가 자투리 천을 조각조각 꿰매 만든 조각보처럼 담장은 심성 고운 이들이 흙과 돌멩이와 바람과 달빛을 꿰매 만든 조각보 같았다.

아주 오래전, 전남 담양군 무정면 평지리 마을에서 짙은 눈썹에 얼굴이 인자한 정만수 면장님과 키 작은 수선화를 닮은 오단래 어머니가 살았었다. 서른여섯 해쯤 전인가 이 집 오단례 어머니가 만든 '수건조각보'를 본 적이 있다. 말이 조각보지 여름날이나 을씨년스러운 초가을 날

에 자식들 배앓이 하지 말라고 만든 큰 보자기 같기도 했고 이불보 같기도 한 얇은 이불이었다. 지금이야 누가 자투리 수건을 이어 붙여 궁상을 떠는 이도 없겠지만 촌 어머니는 수건 하나 허투루 쓸 수 없어 마을 사람들 결혼식 때나 이런저런 친목 모임에서 기념으로 받은 수건들을 하나하나 실로 꿰매 이불조각보를 만들어 자식들 마음을 따뜻하게 해주셨다. '성순'이나 '명순'이라는 이름을 가진 그 집 딸들과 '석구'와 '승구'란 두 아들은 어머니의 수건조각보를 덮고 잘들 잤다. 전깃불도 없던 시절 촌에서 공부해 대처로 나가 서중과 광주일고를 나와 서울대 문리대 정치학과에 들어가 박사 공부까지 마치고 한겨레신문 창간 기자로 들어가 언론인을 지낸 이 집 큰아들은 신화가 있던 시대의 이야기 같았다.

궁핍했던 시대의 자화상은 저 담장을 참 많이도 닮았다.

마을 담장을 볼 때마다 촌 어머니가 만든 수건조각보처럼 담장은 마을의 온기 간직한 커다란 조각보 같았다. 마을 사람들 집과 집을 이어주고 사람과 사람들, 마음과 마음을 이어주는 거대한 조각보 말이다.

오래된 담장일수록 더 그랬다.

이야기의 실로 수놓은 흙과 돌에는 무명 치마도 한 폭 들어 있고, 은비녀나 금가락지, 할아버지의 괘종시계 소리와 쓴 담배 연기도 있다. 담장 속에 든 하늘색은 지금보다 한 뼘 더 파랗고, 햇볕은 바늘 쌈지에 든 바늘처럼 날카로웠다. 얼굴을 비추면 얼굴을 싣고 흘러가는 강물도 보였다. 담장 조각보 한 칸 한 칸에는 잃어버린 풍경들이 갈대처럼 바람에 흔들리고 있었다. 수건조각보를 만든 오단래 어머니와 숯검댕이 눈썹에 인자했던 정만수 면장님도 지금쯤은 진달래 피고 대숲 바람 불어오는 뒷산의 흙이 되고 도솔천 흐르는 물이 되셨으리라. 하지만 어머니는 흙이 되어서도 자식들 오가는 담장 길에서 마을 사람들 모내기 마치고 집으로 가는 길모퉁이 담장에서 "성순아? 명순아 잉?", "아따 은실네 잘 있었는가?" 하고 안부를 물을 것이다.

바흐의 〈무반주 플루트 파르티타〉를 기타 연주로 들을 때의 고즈넉한 슬픔이 담장에서 묻어났다. '파르티타Partita'는 3박자의 춤곡 모음곡을 말하는데, 춤이란 게 인간의 희로애락을 총체적으로 표현한 것이지 않는가. 저 담장에서는 무반주로 진행되는 느린 춤의 인생이 그림을 그려놓은 것 같았다. 슬픔마저 무로 끌고 가는 춤의 흔적. 사라져가는 춤의 공기가, 그러나 사라지지 않는 춤의 균열로 남아 있는 춤. '무반주 플루트 파르티타' 기타 연주는 쿠랑트Courante에서 사라반드Sarabande로 넘어가며 한껏 고혹스럽고 우아한 소리를 낸다.

르네상스 시대 이탈리아 시골길 흙 담장에서 만났음 직한 담장 같기도 하고, 그 담장 아래 거리의 악사가 퉁기는 기타 소리에서 묻어나는 고즈넉한 슬픔이 햇빛에 빛나는 담장. 사람 살아가는 농가 담장은 르네상스 시대의 이탈리아나 남도 촌구석 평사리나 별반 다를 게 없다. 과학이 아무리 빛의 속도로 바뀌고 내일이면 화성 언덕을 걸어가는 인간을 목격한다 할지라도, 시골집 담장은 아사달 아사녀가 살았을 삼국시대나 지금이나 크게 다르지 않다.

시골집 담장은 속도와 경쟁하지 않는다.

속도와 경쟁하는 것만큼 부질없는 일이 어디 있으랴. 사람들은 담장에 보이지 않는 정념을, 추억을, 그리움을, 그리고 길과 길 사이에 있었던 인간사를 부조해놓았다. 담장을 볼 때마다 인생사 지도를 보는 것 같았다. 살다 보면 길을 잃고 서성이기 마련이고, 어느 때는 이상한 나라를 헤매는 것 같은 자신을 발견하기도 한다. 또 어떤 날은 길이 보이지 않아 상심에 잠기고, 길이 벽이 된 현실 앞에서 때로는 좌절하기도 하지만, 지내고 보면 이 모든 흔적들이 길이 되어 있음을 담장이란 지도에서 알 수 있다.

굴곡지고, 부서지고, 틀어지고, 금이 가고, 흙 사이 돌과 흙 사이 꽃씨가 날아와 꽃을 피우고, 그림자를 머금고, 빛바래고, 햇빛에 반짝이고, 주저앉고, 허물어지고, 그러면서도 오랜 세월 견고히 서서 이야기를 나누고 말을 걸어오는 담장.

독일에서 공부할 때 파울 클레의 화집을 열심히 모은 적이 있다.

책을 사면 시인 하이네 얼굴이 그려진 붉은색 비닐 봉투에 책을 담아주던 함부르크 대학 앞 '하이네 서점'이나 오래된 단골 헌책방들, 점심시간 멘자Mensa(학생식당) 주변에서 문고판 철학·예술·문학 책들을 파는 책 장사들, 그리고 벼룩시장에서, 언제든 빛바랜 큼직한 화집부터 손바닥만 한 것까지 클레의 책들을 만날 수 있었다.

클레는 세상의 풍경을 기하 추상에 넣어 낯설지만 낯설지 않은 풍경의 진언을 보여준다. 특히 그의 그림에서는 유난히 조선의 조각보를 닮은 이미지를 자주 볼 수 있었다. 그림을 보며 "그래, 맞아, 그거야!……" 하며, 조각보 무늬를 닮은 클레의 그림에서 담장의 추억을 불러올 수 있었다. 왜냐하면 그의 그림은 단순한 풍경이 아니라 색과 형과 기하학과 바람과 달빛 인간사의 희로애락을 압축해놓았기 때문일 것이다.

클레는 〈율동적인 나무 풍경 속의 낙타Kamel in rhythmischer Baum-landschaft〉에서 꿈꾸는 듯한 나무들의 풍경과 먼 곳을 향해 걸어가는 낙타를 동화 속 이야기처럼 그렸다. 밤하늘 별처럼 총총 빛나는 지상의 나무숲 사이로 낙타가 걸어간다. 찔렁거리는 낙타 방울 소리 들릴 때마다 나무들한테서 율동의 음률이

파울 클레, 〈율동적인 나무 풍경 속의 낙타〉, 1920

느껴졌다. 사막에 사는 낙타는 사막을 고행길이라 여기지 않는다. 낙타는 사막에서 별을 보고 길을 찾기 때문이다. 별이 빛나는 한, 사막에는 길이 반짝이고 별빛은 낙타의 그렁그렁한 눈에 어려 반사된 빛이 길을 낸다. 그러니 낙타는 사막이 어머니 배 속처럼 편안하다. 클레는 나무가 있는 풍경 속의 사막을 살다 간 사람들을 낙타처럼 그렸다. 삶을 신비한 판타지로 빚어 숨은그림찾기라도 하듯 낙타를 그린 파울 클레. 평사리 담장에도 낙타가 살고 있다.

클레의 그림 속 낙타와 평사리 담장 속 보이지 않는 낙타는 전설 같은 삶을 살다 간 사람들을 예증하는 것만 같다.

식물성의 저항*-고서 마을 골목
담장의 은폐된 욕망

담양이나 창평에서 고서 쪽으로 가면 '명옥헌'이나 '소쇄원'을 비롯해 '식영정', '취가정', '환벽당', '풍암정' 등의 정자를 호젓하게 둘러볼 수 있다. 연못가 파란 하늘을 덮을 듯 배롱나무 붉은 꽃이 만발한 명옥헌 풍광도 일품이지만, 노을 지는 식영정 정자 마루에 걸터앉아 있으면 마음 빈자리로 호수 바람 불어와 미지의 세상을 들여앉혀놓고 간다.

마을 길을 걸어 골목으로 들어섰다.

오래된 시골 마을 골목길은 애련하다. 어디서 만난 것 같기도 하고, 언젠가 스쳐 지난 누군가의 그리운 얼굴 같기도 한 길은 집으로 향한다. 너무 멀리 떠나와 집으로 갈 수 없을 것

---

*『식물성의 저항』. 이인성 산문집 제목

같은 마음을 반겨주는 낡은 집들. 골목길을 걷다 보면 사람 사는 것 같은 정취에 지팡이를 짚고 가는 꼬부랑 할머니라도 만나면 괜스레 말을 걸어보고 싶다. 그 길에는 분명 아주 순한 눈망울을 한 누렁 강아지가 꼬리를 흔들며 이방인을 반겨준다. 낯선 이를 보고도 짖지 않는 강아지는 혼자 사는 할머니처럼 외로움에 지쳐 낯선 이마저도 반가운 것 같았다.

우물가 평상에 앉아 화투 치는 할머니들이 "뭘라 사진을 찍었싸!"라고 말을 건넨다. 낯선 이에 대한 할머니들의 인사법이다. "우덜도 한번 찍어봐!" 보스로 보이는 할머니 말에 카메라를 들이대자 부끄러워하는 한 할머니가 웃으며 손사래를 친다. 봄날의 민화투 치는 소리, 마을의 꽃 피는 소리 같다.

환한 초록빛 햇살 닿은 골목 담벼락을 보았다.

낯익지만 낯선 풍경 펼쳐진 골목은 타자로 향하는 외계다. 담벼락을 볼 때마다 낯선 별에 온 것 같은 생각이 들었다. 나는 외계란 말을 사랑한다. 외계는 안을 들여다볼 수 있게 하는 낯선 길이며 우리를 내부로 인도하는 신호탄이다. 내면은 외계를 통해 들여다 볼 수 있는 통로다. 아침 순례자들의 발걸음 같은 외계, 길. 산티아고 방랑자들이 길을 순례할 때도 길은 외계로 뻗쳐 있지만 결국 지향점은 사람의 내면이다. '내면으

로 가는 길'은 외계를 탐사함으로 완성되는 미완의 길이다. 그래서인지 숱한 길과 구름과 별의 여행자 헤르만 헤세는 '방랑'을 통하여 「내면으로 가는 길」에 이르지 않았을까.

낯익은 외계를 탐사하는 길에 마주친 담벼락에서 풀들이 빛바랜 시멘트와 돌 사이를 뚫고 나왔다. 존재하기 불가능한 틈에서 생명을 피우다니 저건 불가사의한 '식물성의 저항'이다.

"너는 어느 별에서 왔지? 너는 누구지?"

담벼락 식물들이 내게 물어왔다.

"난 담벼락 방랑자야!"

"담−벼−락− 방랑자?"

"응."

"그게 뭐지?"

"낯익은 풍경을 조금 낯설게 보여주는 탐험가. 어쩌면 담벼락이란 외계를 탐사하는 낭만 건달일지도 몰라."

"낯익은 것을 조금 낯설게 보여주는 탐험가, 외계, 탐사, 낭만 건달! 넌 아주 재미있는 친구구나.

그래, 너는 어떤 세계를 보았니?"

아무도 관심 가져주지 않는 담벼락 식물들은 이상한 별에서 온 담벼락 탐험가를 보고 친구가 되고 싶었는지 묻고 또 물었다.

"내가 본 세계는 말이야, 낯익은 것들을 허물어야 낯선 길이 열린다는 거야.”

담벼락 탐험가가 말하자,

“오! 너는 세계의 바깥을 통해 안쪽을 들여다볼 수 있는 두 겹의 눈을 지녔구나.”

담벼락 식물이 말했다.

“아니야, 꼭 그렇지는 않아. 누구든 바깥을 통해 안을 보거든. 다만 낯익은 것들을 낯익게 두지만 않으면 돼. 낯익은 것들은 참된 낯섦을 부정하려는 속성이 있거든. 그러니 낯익은 것들을 허물어 낯섦의 집을 새로 지어야 하기에, 낯익은 것들을 허물어야 비로소 내면으로 가는 길이 열린다는 거야.”

낡은 사진기를 품에 안고 담벼락 앞에 쪼그려 앉은 탐험가가 식물들을 보고 이야기했다.

“이런! 너는 담벼락 그 너머를 볼 수 있는 존재자구나. 감춰진 세계를 들춰볼 수 있는 존재. 물物 자체가 은폐되어 나타나지 않는 게 아니라, 존재에 탈은폐 상태로 있기에 낯익음을 허물어야만 낯섦을 볼 수 있다는 푸른 존재자!”

담벼락 식물이 말했다.

담벼락 방랑자는 첫봄에 언 땅을 뚫고 올라온 고사리처럼 담벼락 시멘트를 뚫고 올라온 식물들을 사진기에 담았다. 시멘트 담벼락에서 식물들은 세계에 저항하고 있었다. 틈이라곤 없는 것 같은 사이를 찾아 삶의 혁명을 일으키는 담벼락 식물들의 세계. 나는 시멘트 담벼락에서 '식물성의 저항'을 강하게 느꼈다. 씨앗이라는 아주 작은 생명체가 거대한 콘크리트 장벽 아래서 발아하는 '식물성의 저항'.

담벼락 식물 사진을 찍다가 울컥했다. 저 식물들에 비하면 나는 너무 연약한 것 아닌가. 세계의 콘크리트 숲을 뚫고 햇빛을 받기 위해 나는 무엇을 하였던가. 콘크리트가 너무 견고하다고 매번 징징거리진 않았던가. 길이 없다고, 길이 보이지 않는다고, 상처받았다고, 한숨을 쉬며 먼 하늘만 바라보지 않았던가.

바리톤 헤르만 프라이의 굵고 두터운 음색이 닿을 듯 닿을 것 같지 않는 그리움을 건드려 슬픈 전설을 노래하는 〈로렐라이〉처럼, 나는 내 안의 로렐라이 언덕에서 하프를 타며 강물을 보고 눈물짓지는 않았던가. 식물들은 저렇게 말없이 세계에 저항하고 있는데. 온몸으로 시멘트 담을 뚫고 나와, "자, 나를 좀 봐! 나를 보란 말이야!" 하고 외치는데…….

담장 시멘트 돌에 뿌리박고 사는 식물들도 꿈을 꿀 것이라고 생각했다. 식물들의 꿈이 무엇인지 정확히 알 순 없지만 미지를 동경하여 먼 나라를 여행하고 싶은 유혹도 있으리라. 현세에서 이루지 못한 꿈이 이루어지는 아름다운 가상의 땅이 어딘가에는 있지 않을까. 식물들의 또 다른 삶이 존재하는 신기루 같은 유토피아를 상상하며 피에르 보나르Pierre

Bonnard(1867~1947)의 그림 〈폭풍우가 몰려오는 칸의 하늘 Stormy sky on canes〉을 생각했다. 이 그림은 보는 이를 낯선 세계로 인도한다. 보나르가 살았던 19세기 말에서 20세기 초는 기존의 미술을 전복시키는 반란의 시대였다. 보나르가 추구한 것은 강렬한 색채의 혁명이었다. 그는 현대미술의 가장 위대한 색채 화가 중 한 사람으로 여러 겹의, 여러 색깔의 햇볕에 잠긴 정물화와 실내 풍경, 실내에서 정원으로 확장되는 빛의 환상을 작품으로 남겼다. 보나르만큼 실내로 들이친 순간의 빛을 포착하여, 마치 빛의 거울을 들여다보듯, 사물과 사람에 비친 따스하고 환상적인 색채를 잘 보여주는 화가도 드물 것이다. 많은 인상파 화가들이 풍경에 산란하는 빛의 순수한 가시적 세계를 포착했다면, 보나르는 색 속에 침잠된 또 다른 색을 감지하여 색의 풍부한 스펙트럼을 작품 속에 구현했다. 불빛에 빛나는 실내 모습이나 햇빛 쌓여가는, 혹은 햇빛 퇴색하는 실내 장면의 그림들을 보고 있으면 색채가 보여주는 밝고 온화한 분위기와 색채에 깃든 미학적 은유에 감전당하는 것 같은 느낌이다. 보나르는 천재적인 색의 조화를 부린 색채의 마법사 같다.

〈폭풍우가 몰려오는 칸의 하늘〉에서 청보랏빛 바다와 몰려오는 폭풍우는 외경의 마음을 품게 한다. 그림을 가로지르는 먹구름을 주황과 분홍의 점묘법으로 덧칠한 것은 색채와 빛에 감응하는 보나르의 색감을 잘 보여준다. 보나르는 따뜻

피에르 보나르, 〈폭풍우가 몰려오는 칸의 하늘〉, 1945

한 외경이 느껴지도록 하기 위해서 폭풍우를 진달래 분홍으로 칠한 뒤 파도처럼 밀려오게 했다. 금방이라도 마을을 덮칠 것 같은 산만한 폭풍우는 검붉은색을 칠해 위력을 느끼게 했지만, 보나르의 폭풍우는 거센 비바람이 아니라 따뜻한 슬픔의 색채를 통해 폭풍우가 몰려오는 하늘 저 너머를 상상하게 한다. 그는 하늘가 모서리를 살짝 검게 드러내는 방식을 통해 머지않아 닥쳐 올 폭풍우를 암시할 뿐이다.

보나르의 그림은 색을 통해 외경을 품게 한다. 형태 보다 색을 통해 빛의 형상을 지닌 대상을 창조한다. 색이 아름다운 건 꿈이라는 메타포를 지녔기 때문인데, 보나르는 색−꿈을 통해 아름다움이라는 빛의 미학을 그렸다. 〈폭풍우가 몰려오는 칸의 하늘〉 저 너머 어디쯤에 식물들이 꿈꾸는 멋진 신세계가 있을 것 같은 것도 보나르 색이 이야기하는 몽환 때문이다. 식물들이 지상에 꽃을 피우는 것은 그들의 꽃 색에 영그는 꿈이 먼 데서 오기 때문일 것이다.

아름다움이란 무엇일까?

그림에 있어서의 아름다움과 식물들에 있어서의 아름다움. 칸트가 설령 『판단력 비판』에서 "아름다움이란 개념 없이 필연적으로 만족감을 주는 것"이라고 했을지언정 아름다움Schönheit은 그 자체로 아름답지 않다. 그림이나 식물이 아름다운 것도 사물 그 자체가 지닌 미적인 속성 때문이 아니라 내 정신이 반응했기 때문은 아닐까. 보나르가 그린 바다와 폭풍우 저 너머 따뜻한 어디쯤에 환상의 섬 지나 어디쯤에 고서 담장에서 본 식물들의 저항이 다른 삶을 살며 또 다른 방식으로 아름다움을 꽃 피울 것만 같았다.

시멘트와 돌담 틈을 스스럼없이 뚫고 나와 보란 듯 찬란한 햇빛을 받는 저 식물들이 낯설고 경이롭게 느껴졌다.

아무렇지 않게 숨을 쉬고, 아무렇지 않게 햇빛을 받고, 아무렇지 않게 걸어 다니고, 아무렇지 않게 나무에 기대고, 아무렇지 않게 새가 날아다니고, 아무렇지 않게 제비꽃이 피고, 아무렇지 않게 고등어를 잡고, 아무렇지 않게 〈폭풍우가 몰려오는 칸의 하늘〉을 바라 볼 수 있는 자유, 그리고 아무렇지 않게 아무렇지 않게 존재의 이유를 말하는, 식물들! 아무렇지 않게 아무렇지 않게 아무렇지 않게.

도깨비 담장-연꽃 진 폐허 미의 연못 담장

연꽃대가 어지럽게 널린 연못은 하나의 세계다.

말라붙은 연꽃 줄기, 진흙에 새겨진 새 발자국들, 껍질만 덩그마니 남은 달팽이, 엎어져 있거나 누워 있는 구멍 숭숭 뚫린 연꽃 열매, 열매의 거무튀튀한 구멍에 박혀 있는 씨앗이라도 발견하게 되면, '아, 진창에 숨은 까만 보석이다!'란 탄성이 나온다. 가을 지나 겨울을 나고 다시 봄을 맞은 연못. 아무도 찾지 않는 폐사지의 연지는 무심한 듯 시골 마을 길 모퉁이에 있었다. 우산 같은 여름날의 긴 잎자루 대신 연두색의 짧은 잎자루가 자그마한 새잎을 품고 있었다. 잎에는 아침 햇살을 받은 동글동글한 빗방울이 영롱하게 빛났다. 꽃들은 죽어도 죽지 않고 폐허에서도 연초록 잎을 낸다.

연꽃 지고 물 빠진 연못은 카오스처럼 혼란스러워 보였다. 있는 그대로의 진창이 솟아오른 듯 바닥은 꺾이고 부러진 연꽃 줄기가 줄기의 우주처럼 얽히고 설켜 있다. 진창에서 줄기의 별을 보았다. 어느 화가가 추상회화를 그리고 기하추상 이미지를 마음에서 짜낸들 폐허의 연지 풍경만 할까? 푹푹 빠지는 진흙에 고무신을 신고 들어갔더니 연꽃의 목소리가 들려왔다.

"방랑자 친구! 이 우주에서는 말이야 맨발로 걸어봐. 맨발로 진창 속의 우주를 느껴봐. 맨발이 된다는 것은 자신을 무장해제시키는 것이거든. 그렇다고 너무 낯설어하지는 마. 어쩌면 낯섦이야말로 낯익은 것의 안일 수 있거든. 낯선 별에 불시착한 이방인처럼 진흙 속 생명의 씨앗들이 네 발바닥을 간질이는 신호를 들어봐. 세계에는 꽃의 나무의, 진흙의, 바람의 보이지 않는, 그러나 느낄 수 있는 신호가 사람과 사람 사이를, 사람과 사물 사이를 오가고 있거든. 보이지 않는다고 존재하지 않는 것은 아니잖아. 어쩌면 우리 앞에 보이지 않는 신호들이야말로 '현존재'인지도 몰라. 네가 그냥 스쳐 지났던 수많은 풍경에서 아직 추방당하지 않은 낯선 신호를 들춰봐."

그래, 어쩌면 보이는 풍경은 보이지 않는 풍경의 안쪽이거
나 바깥쪽일지도 몰라. 내가 믿고 있던 것들에 대한 집착이,
텍스트가, 풍경의 여러 겹을, 풍경의 속살을 들춰보지 못하게
했는지도 몰라.

파란 바람이 불어왔다.

연분홍색 꽃이 꽃줄기 끝에 달려 꽃과 잎의 우주에 덮여 있

연못 풍경

던 연못이 폐허가 되자 전에 볼 수 없었던 담장이 나타났다. 파란 하늘 아래 그리움 가득 품은 해쓱한 돌담은 도깨비처럼 보였다. 담장에 쌓아 올린 둥글둥글한 호박돌들과 모난 돌들은 어찌나 맑고 티 없이 깨끗한지. 돌과 돌 사이 흙 한 줌 넣지 않고 오직 돌의 공덕으로만 쌓아 올린 욕심 없는 농부의 신묘한 축성술. 아니면 농부의 마음을 잘 알던 도깨비 친구가 밤이면 방망이로 "돌담 나와라 뚝딱!" 하고 담장을 쌓았는지도 모를 일이다.

파울 클레의 그림 〈황금 물고기〉는 청록 심해에 사는 물고기들의 세계를 보여준다.

청록 심해는 먼바다 속에 가라앉은 아틀란티스가 있는 곳이 아니다. 플라톤은 자신의 책 『크리티아스Critias』에서 찬란한 문화를 가진 이상향으로 아틀란티스를 묘사했으나 아틀란티스는 우리 내면에 있다. 황금 물고기는 이데아계에 사는 물고기지만, 이데아계에는 황금 물고기가 없다. 사람들은 먼 곳에 행복이 있다고 믿으며 행복을 찾아 떠났지만 행복을 찾아온 사람은 없다. 동화 속 행복의 나라에는 행복을 지키고 있는 외눈박이 거인이나, 절구통을 타고 날아다니며 닭발에 오두막을 짓고 사는 마귀할멈, 흡혈귀들이 살고 있어서 초능력을 지닌 그들을 물리치고 행복을 찾아오는 사람은 없다. 설령 동화 속에서 행복을 찾아온 사람들이 있더라도 그것은 행복이 아니다. 행복은 보이지 않고 만질 수 없는 것이므로 행복을 찾기란 불가능한 것이고 행복은 이미지이기에 더 그렇다.

파울 클레가 〈황금 물고기〉라는 동화 같은 그림을 그린 것은 아마도 우리 내면에 숨은 황금빛 물고기를 보여준 것이라 생각했다. 지옥이나 천국을 아무도 본 사람이 없듯 화가는 보이지 않는 세계를 훔쳐본 자들이므로 클레는 〈황금 물고기〉를 그려 우리가 볼 수 없는 세계의 이미지를 보여주는 것이리

파울 클레, 〈황금 물고기〉

라. 그러나 클레가 말하고 싶었던 것은 아마도, 자기 안의 황금 물고기를 생각해보라는 것인지도 모른다.

물이 빠진 가을 연못에서 황금 물고기를 찾았다.

꾹꾹 빠지는 흙 속 어딘가에 황금 물고기가 있을 것 같아서 한 걸음 한 걸음 발을 뗄 때마다 조심스럽게 걸었다. 연꽃이 지고 꽃대는 메말라 볼품없이 변한 폐사지였지만 당당하게 있는 연못 담장을 보며 도깨비들이 살 것 같은 이 연못 깊은 곳에는 황금 물고기가 있을 것 같다. 폐허가 된 연못에 황금 물고기가 살 것 같다는 생각을 한 것은, 폐허야말로 우리

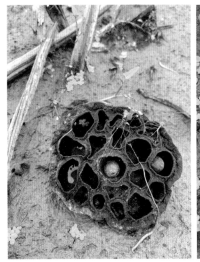

연못 풍경

생이 다시 꿈을 꿀 수 있기 때문이다. 이 연못에서 천천히 한 발을 옮기다 보면 삶을 반짝여줄 황금 물고기가 섬광처럼 보일 것만 같았다.

　담장은 폐사지 폐허 앞에서 고단한 생을 이고 견고하게 서 있었다. 바람이라도 불면 기왓장은 떨어질 듯했지만 그게 생이야! 하고 말하는 것 같았다. 둥글고 모난 돌, 뾰족하고 버려진 돌들로 쌓아 올린 돌담은, 진창에서 황금 물고기를 찾으며 현재를 살아봐! 라고 말하며 싱그러운 담쟁이 초록 잎사귀를 흔들어 보였다.

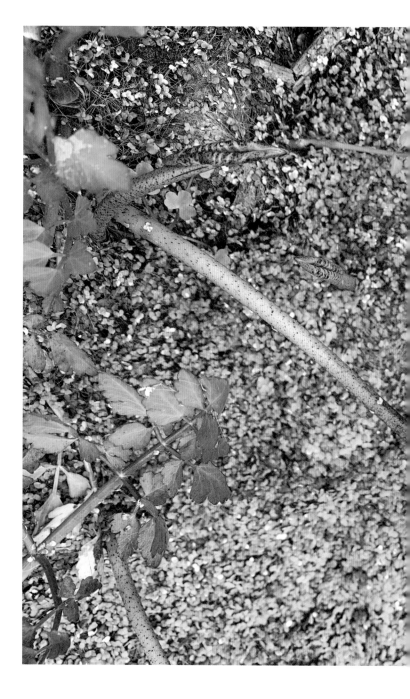

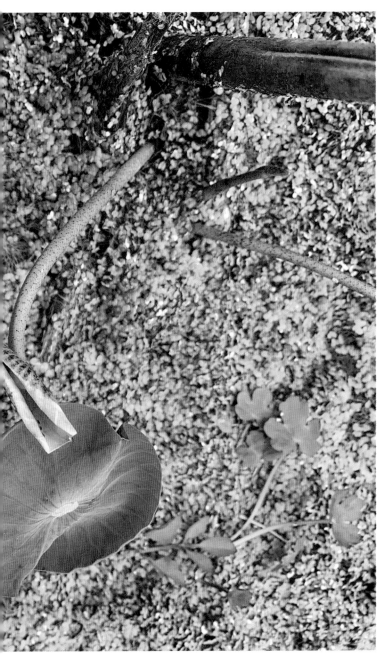

연못 풍경

에체 호모Ecce Homo, 이 사람을 보라!
우리가 잃어버린 얼굴과
보성강변 연화리 돌각담

졸렌Sollen에서 자인Sein으로

무엇이 되어야만 한다는, 무엇을 해야만 한다는, 당위Sollen 는 끊임없이 욕망을 충동질한다.

욕망 공기가 주입된 풍선을 달고 날아오르고 싶은 욕망이 라는 이름의 전차가 내 안쪽에 있다. 작든 크든 욕망과의 갈 등으로 고민하는 것도 다 욕망 전차 때문이다. 그렇다고 욕망 이 비정상적인 것은 아닌데, 욕망을 모독하면 욕망에 대한 예 의가 아니지, 욕망이 멈추면 사람은 죽은 목숨 아닐까? 하는 생각에 스스로를 합리화할 때가 있다.

하지만 당위가 욕망하는 것은 어떤 의미로든지 권력과 소 유욕일 것이며, 권력에 대한 의지와 소유욕은 집착이나 나르시시즘적으로 나를 억압한다. 무엇이, 스스로를 억압하거나 강제할 때, 이루어지지 않는 혹은 이루어질 수 없는 욕망들과 난타전을 벌일 때, 내 안에는 생채기ritzen가 난다. 이것들로부터 벗어나는 좋은 처방은 여행이다.

어느 해 초겨울 보성강변 연화리를 찾았다.

압록역에서 섬진강을 따라가면 구례 하동으로 이어지고 압록 삼거리에서 오른쪽 길로 접어들면 보성강이다. 몇 안 되는 마을 아이들은 이젠 잊혀졌다고 생각한 숨바꼭질을 하고 있었다. 촌스럽게도 숨바꼭질이라니! 저 전설적인 놀이를 하는 강마을 아이들을 보고 불현듯 가슴이 찡해졌다. 오래전 추억이 떠올라서가 아니라, 아이들 기억에 두고두고 남아 있을 강마을 친구들과의 숨바꼭질이 강물처럼 흐를 것이란 아름다움에 대한 믿음 때문이다. 놀이에 방해가 될까 봐 카메라를 뒤로하고 멀찌감치 떨어져 술래와 흩어져 숨는 녀석들을 물끄러미 구경했다.

20년이 훌쩍 지난 슬라이드 필름을 불판에 올려놓으면 오래전 풍경이 소환된다. 이미 서른을 넘겼을 사진 속 아이들은 여전히 해맑은 웃음을 짓고 있다. 이 사진을 볼 때면 내 안에 난 생채기들이 아이들을 따라 웃는다. 이상한 일이다. 현실적이지 않고 동화적인 일이다. 내 안의 생채기들이 아이들을

Ecce Homo 이 사람을 보라.

초겨울 보성강변 연화리 마을 아이들과 돌각담

따라 웃다니! 누군가로부터 받았던 분노도 아이들을 따라 웃고, 누군가로부터 받은 모멸감도 아이들을 따라 웃고, 석 달 묵은 한숨도 아이들을 따라 웃다니. 참 이상한 일이다.

돌을 얼기설기 쌓아놓은 돌각담도 웃고 있다. 나무 한 그루와 아이들과 낡은 집을 둘러싼 공기도 웃고 있다. 이 사진을 보는 사람이나 사물이나 죄다 웃는 풍경뿐이다.

보성강변 연화리 마을 아이들의 웃는 사진에는 '마술피리'가 들어 있다.

사진을 보면 내 안에 숨은 마술피리가 피리를 불며 나타나, 나를 욕망과의 갈등으로부터, 욕망의 생채기로부터, 욕망의 고민으로부터 웃음 짓게 한다. 욕망의 그늘에서 나르시시즘적이 되지 말고 푸른 광택이 나는 존재로 웃어보라고 말하는 게 아닌가.

무엇이 '되기'로서의 '졸렌Sollen'에서 무엇으로 '존재'하기의 '자인Sein'으로 변화되는 과정에는 어떤 매개체가 필요한데, 벤야민 말을 빌리지 않더라도 사진은 매체미학Medien-Ästhetik의 전위대 역할을 한 지 오래다. 사진은 현실을 포착해내면서도 현실에 머물기를 거부하고 현상 바깥을 이야기하면서도 실은 현상 안쪽의 삶을 포착하는 두 겹의 렌즈다.

앙리 카르티에 브레송처럼 순간의 장면을 잡아내거나, 브라사이처럼 〈밤의 파리〉를 떠도는 인간 군상을 담아내거나,

최민식처럼 궁핍한 삶의 일상을 견뎌내는 인간을 포착하거나, 구본창처럼 이미지의 전복을 통해 무한 이미지를 꿈꾸게하거나, 칸디다 회퍼처럼 텅 빈 공간의 미학에 집중하거나, 사진은, 인간 욕망을 카메라에 담아 종이 거울에 욕망을 현상시켜 인간 스스로 욕망을 해체하게 하는 마력이 있다.

　내 안에도 연화리 마을 아이들 같은 웃음이 어딘가 있다.
　웃음의 화석!
　화석화된 웃음!
　그렇지 않다. 웃음은 화석화되지 않는다. 연화리 아이들의 맑은 웃음 같은 웃음의 흔적은 내 안의 동굴 깊은 곳에 남아 있다. 누구에게나 그런 웃음은 살아 있다. 다만 그런 웃음이 죽었다고 생각할 뿐이다. 비극의 탄생은 어른들이 그런 웃음을 잃어버렸기 때문이다.
　매체미학에서 사진이나 영화처럼 "매체에 의한 매개die Vermit- tlung durch Medien"를 통해 예술 현상을 설명하듯, 삶에도 당위로서의 욕망을 매개하여 욕망을 해체시킬 매개물이 필요한데, 내 경우는 저 사진 속 아이들 웃음이 욕망을 무력화시킨다. 바위에 붙은 따개비처럼 덕지덕지 붙은 나르시시즘적인 끔찍한 욕망을 순화시켜주는 게 돌각담 뒤에 있는 연화리 아이들의 웃음이다.

사실 저런 사진을 통해 나는 무엇이 '되기'로서의 '졸렌 sollen'에서, 무엇으로 '존재'하기의 '자인 sein'으로 변화한다. 저런 사진을 보고 있으면 내 안이 텅 빈 느낌이다.

사진 속에 박힌 순결한 웃음의 '영원한 회귀 ewige Wiederkunft des Gleichen'란 얼마나 위대한지.

'우상의 황혼 Die Götzen-Dämmerung'

영혼이 맑은 시절에는 풍경의 순수한 정령도 눈에 보인다.

이 무렵, 눈으로 보는 것들은 순백한 마음의 인화지에 박혀 왜곡됨 없이 꽃이 되고 돌이 되고 시내가 되고 산이 된다. 보성강 줄기 따라 노을이 물들고 있었다. 이런 풍경을 볼 수 있는 시간은 흔치 않다. 길을 걷다 말고 다리에 기대 우두커니 먼 산을 바라보았다. 산 너머 산이 있고 강 속에 강이 흐른다. 산은 멀리도 있지만 내 안에도 있다. 강물은 소리 없이 흐르지만 안으로는 돌 구르는 소리를 품고 흐른다. 마치 겉으로 보기엔 멀쩡한 사람들도 안으로는 울음의 강이 흐르는 것처럼 말이다. 풍경이나 사람한테는 보이면서 보이지 않는 게 있고 보이지 않으면서 보이는 게 있다. 노을 속에도 여러 겹의 노을이 있는지 해지는 풍경은 감빛 같기도 하고 치자 빛 같기도 하고 달맞이꽃이 달빛에 쌓인 것 같기도 하다. 소금밭 같은 깨꽂 핀 언덕을 물들이는 붉은 석양빛 같기도 하다.

룩색에서 카메라를 꺼내 무심히 풍경을 담았다. 황혼녘! 우상이 되살아나는 시간이다.

우연한 기회에 사진미학을 강의하는 독일의 교수님한테 보성강 사진을 보여드린 적이 있다. 내심 황혼에 물든 보성강의 아름다운 풍광을 자랑하고 싶어서였다. 선생님은 독일에선 황혼_{Dämmerung}을 그렇게 좋아하지 않는다고 말했다. 말을 잘못 알아들은 것인지, 그것이 독일인 일반을 가리키는 것인지 아니면 선생님 개인의 취향인지, 오래전부터 전위적이고 초현실주의적인 사진이 자리 잡은 독일에서 스트레이트 사진이 별로라는 것을 우회적으로 말한 것인지 헷갈렸지만, 금발에 깊고 푸른 눈을 가진 이 여자 교수님은 니체 숭배자가 분명했다. 그렇지 않고서야 칼로 무를 자르듯 황혼을 모독(?)할 리가 없다. 헤겔은 "미네르바의 부엉이는 황혼이 깃들게 되면 날기 시작한다"라고 황혼을 현실 너머로 날아오르는 지혜의 시간, 철학이 비상할 무렵으로 인식했지만, 니체는 헤겔과 달리 '황혼'을 위험한 시간이라고 생각했다.

잘 알려진 바와 같이 니체가 말한 '우상'은 "지금까지 진리라고 불려왔던 것"이다. 그가 말한 '우상의 황혼'은 지금까지 알고 있던 진리가 종말을 고한다는 의미리라. 진리가 종말을 고하는 시간 황혼. 길어진 자신의 그림자를 보고 놀라 신으로 착각하여 숭배할 수 있는 시간이라 니체는 황혼을 위험한 시간이라 말했는지, 니체 숭배자로 여겨지는 독일 선생님은 황혼 무렵을 별로 안 좋아한다고 말했는지 모르지만 나는 황혼을 황혼으로만 보고 싶었다.

보성강 줄기 그 어딘가의 구비에서 발원한 황혼이 강물과 산을 물들이며 내 안의 섬에도 침범하고 있다. 강과 산 사이에서 이렇게 영혼마저 황혼에 물들다 보면 황혼 너머 먼 곳이라도 다녀온 느낌이다.

산과 강과 황혼 앞에서는 우상과 황혼 진리와 철학이니, 황혼이 깃들 무렵 날기 시작한다는 미네르바의 부엉이니, 하는 말들은 모두 부질없다. 그것들은 말과 철학의 우상에 갇혀 우리 속의 우상이 된 지 오래다. 황혼 앞에서는 도끼를 꺼내들 필요가 없다. 날 선 도끼로 우리 안의 우상을 파괴하지 않더라도, 산은 그것들을 이미 품고 있고, 강은 그것들을 안고 흐르며, 황혼은 그것들을 잠재우는 황혼이 된다.

황혼 깃든 보성강 줄기를 바라보는 것만으로도 우리는 흘러가는 강물이 되고, 의연한 산이 되고, 내면을 아름다움으로 물들이는 풍경이 된다.

해거름 녘 봄날의 보성강

빨래와 돌각담-생에 비스듬히
장대 받치기

빨래 널린 돌각담 집에 방 한 칸 세 들어 살고 싶다.

돌각담 너머 불어오는 산바람과 가을볕에 말라가는 추리 닝 몇 벌, 빨간 바지, 내의와 속옷가지들을 보면 사람 사는 냄 새가 난다. 빨랫줄 한가운데에는 굵은 장대가 받쳐져 있다. 물기 먹은 빨래들을 받치고 비스듬히 서 있는 굵은 장대란 얼 마나 아름다운지. 무게의 하중을 말없이 버티고 있는 굵은 장 대의 비스듬함의 위력을 새삼 느낀다.

집을 떠받친 기둥처럼 직립한 것도 아닌데 비스듬히, 빨랫 줄에 장대를 적당히 질러놓은 여인의 손 맵시란 찬탄의 대상 이다. 아무것도 아닌 것 같지만, 결코 아무것도 아닌 게 아닌, 눈대중의 미학. 조선 여인의 눈대중 미가 절정에 이른 게 빨 랫줄에 장대 받치기다. 빨래를 넌 빨랫줄의 중간 급소를 장대

가을 돌각담과 장엄한 빨래와 빨랫줄을 비스듬히 받치고 있는 굵은 장대가 있는 풍경

로 적확히 찔러 비스듬히 땅바닥에 던지듯 툭 놓으면 끝이다. 각도를 어설프게 잡아 세우면 빨랫줄이 주저앉게 마련이고, 각도를 조금 높게 밀어 올리면 뻗정다리처럼 무엇인가 어설프고 불안해 보이는 풍경.

돌각담 너머 보이는 장대의 비스듬한 아름다움이 내겐 경탄의 대상이다.

비스듬함으로 중력을 거스르는 힘이란 얼마나 아름다운지! 비스듬히 서서 버텨준다는 것은 누군가에게 희망이 되어주는 고귀한 위력. 비스듬히 빨랫줄에 기댄 장대는 중력의 저항을 사랑의 중력으로 바꿔, 하늘을 떠받치고 있는 아틀라스처럼 빨래의 우주를 떠받치고 있다.

느릿느릿한 시간이 바람 위에서 노래하는 시골 마을에선 생각도 더디 간다.

이런 풍경에서는 마음에 돌의 무늬가 생기고, 하늘색 무늬도 물들고, 빨랫줄에 널린 허름한 옷가지들이 삶의 흰 도화지에 허름한 무늬를 그린다. 마음에 채워진 단추가 풀려 마음이 순연해지는 시간이다. 빨래들과 굵은 장대를 가만히 쳐다보면 내가 살아온 시간들도 생의 빨랫줄 어딘가에 걸려 있다. 내 삶의 구비마다 굵은 장대를 비스듬히 받쳐준 사람들은 어디서 어떻게 살고 있을까.

돌각담 너머 빨랫줄에 걸린 빨래가지들과 굵은 장대를 보면, 나무와 바위, 꽃과 새, 구름, 지나는 마을 사람들을 한참동안 그렇게 바라보면 불현듯, 누구의 삶을 받쳐주는 장대가 되어본 적은 있을까? 하는 생각에도 이른다.

내가 만들어가는 삶이니 우중충한 것들은 빨랫줄에 널어 햇빛에 말리고, 바람 불면 떨어지지 말라고 스스로 빨래집게도 되어주고, 삶이 쓰러지지 않도록 스스로 굵은 장대가 되어 받쳐주면 된다. 그 길은 아주 오래 지속되는 지난한 길이다. 하지만 누군가의 삶을 받쳐준다는 것은 그렇게 거창한 일이 아니며 진정성 있는 말 한마디, 따뜻한 밥 한 끼 함께 먹기, 속을 내비칠 수 있는 커피 한 잔으로도 가능하다.

꽃이 아니고 화살이 되어 날아다니는 세상에서, 서로를 겨냥하고 서로의 심장을 향해 화살이 되어 날아가는 세상에서, 누군가의 무엇이 되어 비스듬히 빨랫줄을 받친 장대처럼 비스듬히 있는 것은 그렇게 어려운 일은 아니다. 어깨에 마음을 얹어주는 노을 같은 손짓, 어머니 눈매 같은 미소 지어 보이기, 눈물 닦을 수 있는 손수건을 건네는 일만으로도 충분하다.

그저 마음으로 바라만 보아도 상대는 저이가 내 마음에 비스듬한 장대를 받쳐놓았구나 생각한다. 빨랫줄을 떠받친 장대처럼 누군가의 마음에 비스듬한 흔적만 남겨놓아도 한 사람의 우주의 문을 열어주는 일인데…… 나는 내 안의 장대 하나 꺼내 누군가의 비스듬한 별이 되지 못했구나, 말없는 돌각담의 속깊은 심정처럼 누군가에게 돌각담이 되지 못했구나 생각했다.

시골 마을 가을 산은 저녁밥 짓는 연기나 새벽안개를 품을 때마다 색의 칠현금을 탄다.

하늘색이 감빛으로 물들어가는 저녁 무렵 뒷산에 초저녁 별이 떴다. 쉴 새 없이 재잘거리던 참새들은 침묵하고 어미 소는 외양간에서 송아지를 핥아주고 있다. 행복한 빨래들은 식구들이 모두 잠든 밤 뒷산에 뜬 달과 빨간 열매를 달고 묵묵히 있는 돌각담과 별들과 이야기를 나눌 것이다. 비스듬히 빨랫줄을 받치고 있는 굵은 장대도 슬그머니 달빛에 기대거나 바람결에 얼굴을 묻고 잠들 것이다.

한낮에 저 집 빨랫줄을 비스듬히 받친 장대의 그림자를 보았다. 햇빛이 살같이 날카롭게 빛나니 그림자는 짙게 드리웠다. 빨랫줄과 빨래들의 그림자도 보았다. 그림자가 있다는 것은 실체가 있는 법이다. 누가 영혼의 그림자를 보았다 하는가. 그림자를 남기는 것들은 고독을 운명처럼 안고 산다. 비스듬히 누군가의 무엇이 되어 시간을 버텨준다는 것은 고독한 일이다.

어쩌면 무엇인가에 기대 버티고 있지만 실체가 없는 그림자일 수도 있다. 그림자에 비스듬히 기대기? 그래, 빨랫줄을 떠받친 장대는 내 삶이 그렇듯 그림자에 기댄 것인지 모른다. 실체라고 여겼지만 지나고 보니 그림자였을 수 있단 생각. 그래도 나는 비스듬히 빨랫줄을 받친 장대를 사랑한다. 설령 장대가 그림자를 받치고 있는 것일지라도 나 역시 그림자의 이면에 존재하니까.

돌각담에는 가을이 여울지고 빨랫줄에는 장엄한 빨래 널린 이 집은 현대에서 조금 비켜선 전근대의 비스듬함이 남아있다. 낯설지 않으면서 낯선, 비스듬함.

돌각담 너머 빨래 걸린 집을 볼 때면 롤랑 바르트가 말한 푼크툼Punctum 같은 날카로운 비수가 나를 찌른다. 사진 속의 마을 풍경은 30년도 더 된 것이다. 1990년 무렵, 소설가 박완서 선생님과 평사리를 처음 보았을 때 이 마을은 한국의 전형적인 시골 풍경을 간직하고 있어 마음의 고향 같았다. 그러나 지금 평사리에 가면 평사리가 없다. 이런 마음을 달래는 방법은 오래전 사진을 본다거나 초현실주의자 샤갈의 화집을 펼쳐놓고 고향에 대한 상념에 잠기는 것이다.

샤갈의 그림 〈나와 마을〉이 생각난 것은, 나와 평사리가 오버랩되어 떠올랐기 때문이다. 샤갈은 자신이 태어나고 자란 러시아 고향 비텝스크를 한순간도 잊어본 적이 없고, 그의 수많은 그림에는 이 마을이 그려져 있다. 1906년 상트페테르부르크로 이사해 그림을 그리며 미술 공부를 하던 샤갈은, 1910년 파리로 옮겨 상업적으로 성공한 작가가 된다. 이 시기에 그린 그림 중 〈창을 통해 바라본 파리〉는 새로운 환경에 맞추기 위한 성공적인 시도를 보여준 반면, 〈나와 마을〉은 비텝스크에서의 옛 삶에 대한 향수로 가득 차 있다. 초현실주의자 앙드레 브르통은 샤갈의 그림을 두고서 "그 혼자만이 현대 회화에 의기양양하게 은유를 되돌려주었다"라고 말했을 정도로, 샤갈은 감정적이고 기발한 인물에 생명력 넘치는 모티브를 그림으로 만들었다.

〈나와 마을〉은 샤갈의 몽환적 자화상이다.

이 그림에는 유대 교회와 작은 나무집들이 나오고, 여인과 마을의 일부 집들은 거꾸로 되어 있어 몽환적 이미지를 보여주며, 소와 마주 보고 있는 샤갈 자신은 초록색 얼굴의 남자로 등장해 동화적인 분위기를 자아낸다. 작품 아래에는 초록 열매가 빛나는 나무를 들고 있는 손이 보이고, 그 옆에는 어린아이의 튀는 공이 있는데 아마도 샤갈이 어린 날 갖고 놀던 장난감일 것이다. 양의 젖을 짜는 여자도 소의 머리 속에 그려져 환상을 더해준다. 샤갈은 유년 시절의 꿈과 기억을 〈나와 마을〉에 그려 넣었다.

마르크 샤갈, 〈나와 마을〉, 1911

돌각담 너머 빨간 바지와 옷가지가 걸린 빨랫줄 있는 집과 샤갈의 고향 마을 풍경은 지상에서 사라진 지 오래다. 하지만 사진 속 풍경을 보면 저 돌각담 집엔 샤갈의 사랑하는 여인 벨라가 빨랫줄에 빨래를 널고 밥을 짓고 있을 것만 같다. 시간에 떠밀려 사라져가는 것들이야 어찌할 수는 없지만, 기억 속 사진이든 샤갈의 그림이든, 순정한 꿈과 아름다운 시절을 보게 해준 생이 또 순간처럼 지나가고 있다.

똥과 밥, 티베트 담벼락의
아름다운 카오스

똥이 밥이다.

똥을 담벼락에 붙여 햇볕에 말리는 풍습을 지닌 티베트 사람들은, 똥과 함께 태어나 똥과 함께 밥을 먹고, 똥을 맨손으로 만져 담에 붙이는 마술을 부리고, 누구네 집 벽에 붙은 똥이 잘생겼나 감상하며 한평생을 살다 초원의 똥이 된다.

티베트에서 똥은 살이며 이불이고, 불이며, 별이다. 티베트에서는 추위를 피하기 위해 똥에 불을 붙여 온기를 나눈다. 아주 오래전부터 티베트에서는 초원에 널브러진 야크 똥을 모아 둥글둥글하게 햇빛에 말려 연료로 썼다.

밤이 오면 야크 똥을 붙여놓은 담벼락에도 별이 떴다. 똥의 달, 똥의 별, 똥의 은하수가 티베트 밤하늘을 덮었다. 말의 선한 눈망울과 닭의 또랑또랑한 눈빛에도 똥이 빛났다.

티베트 민가 담벼락. 담에 붙여 놓은 것은 연료로 쓸 야크 똥이다. 1996.

신기한 것은 똥에서 똥 냄새가 나지 않았다. 담벼락에 보물처럼 붙어 있는 똥에 코를 들이대고 냄새를 맡았다. 이런! 똥에서 똥 냄새가 나지 않고 향기로운 풀 냄새가 나다니, 똥에서 똥 냄새 대신 별 냄새가 나다니, 똥에서 똥 냄새 말고 꽃 냄새가 나다니, 똥에서 똥 냄새는 하나 없고 달 냄새가 나다니, 아! 똥에서 똥 냄새는 어디 가고 사람 냄새가 나다니. 이건 똥이 아니라 밥이다. 별의 밥, 꽃의 밥, 달의 밥, 초원의 밥, 바람의 밥, 그리고 사람의 밥.

똥의 예술

똥의 예술은 생을 낯설게 바라보게 한다.

심장을 바늘로 찌를 것 같은 파란 하늘 아래, 나무 한 그루 없는 낯선 산이 있고, 그 아래 신을 경배하는 사람들이 사람을 만들어가는 삶. 티베트인들이 사는 야트막한 흰 담벼락은 자연이 순환하는 설치미술의 전시장 같았다.

광활한 티베트 고원에서 흙이 되어야 할 야크 똥이 저렇듯 버젓이 담벼락 위에 쟁여 있거나, 천연덕스럽게 담벼락에 붙어 있는 풍경은 보는 이를 당혹스럽게 한다. 티베트 사람들의 야크 똥 말리는 풍경은 산소가 부족한 고원에서 극한 환경에 맞서 살아가는 지혜이지 예술 행위는 아니며 설치미술의 전시장은 더더욱 아니다. 지독한 삶의 현장을 예술이라 말하는 것은 그들의 삶에 대한 모독이다. 그러나 예술은 그렇게 형이 상학적이지 않고 고상하지도 않으며 언제나 삶의 바닥에서 시작됐다.

마르셀 뒤샹과 다다이스트들은 기존의 예술을 전복시키는 데 명수였다.

낯익은 것을 낯설게 바꾸는 것은 하나의 혁명이다. 독일의 사진작가 호르스트 바커바르트도 실내에 있어야 할 소파를 숲이나 바닷가, 공사장, 빙하 위에 놓고 생을 낯설게 보여준 다는 점에서 예술의 혁명전사다. 『붉은 소파』를 주제로 장소 를 바꿔가며 삶의 변주를 노래한 바커바르트의 의도된 사진 예술과 달리, 티베트 담벼락의 똥의 예술은 생존을 위한 처절 한 풍경이 예술이 되었다는 점이다.

시간의 성곽을 해체하는 똥의 성곽, 길

티베트 고원 길을 무작정 걸어보았다.

이 땅에서 저 땅 끝까지 걷는 심정으로 그냥 걸어보았다. 나를 내려놓는다느니 나를 들여다본다느니 하는 생각도 의

똥의 성곽. 티베트 민가 담벼락과 담 위에서 햇볕에 말리고 있는 야크 똥

식이 들어간 사치스러운 것이었다. 생각조차 의식하지 않게 하는 새파란 하늘을 본다거나, 투명한 공기가 뭉쳐져 둥둥 떠 있는 경탄스러운 구름을 본다거나, 푸석푸석한 흙먼지 일어나는 지평선만 본다거나, 우리 행성 밖에서 날아든 터키석 같은 호수를 본다거나, 땅에 납작 붙어 흙의 해님으로 피어난 꽃의 경이로움을 본다거나, 하며 길을 걸었다. 걸으면 걸을수록 내 안에서 딱딱하게 굳어버린 벽이 조금씩 허물어지는 것 같았다. 그것이 무엇인지 정확히 말할 순 없지만 초원을 떠돈다는 행위가, 아주 오랜 옛날 이 길을 걸었을 사람처럼 나를 원시적으로 만드는 영기가 있었다. 방랑은 그간에 켜켜이 쌓였던 시간의 덫을 풀게 하고 시간의 족쇄로부터 해방시키는 것 같았다. 초원을 걷기만 했는데…….

서울에서 시간의 성곽을 지탱했던 시간의 견고한 밑돌 하나가 슬그머니 빠지는 것 같았다. 그렇게 시간의 성곽에서 벗어나려 했지만 한 치도 벗어나지 못했던 시간의 성.

시간은 밥줄을 움켜쥔 지배자다. 시간의 밥줄에 매여 운명처럼 살아야 하는 나는 시간 밖으로 탈출할 수가 없었다. 이제 내 심장이 시간의 화살이 되어 과녁으로 날아가 꽂히는 건 시간문제다. 무작정 티베트 고원을 걸었을 뿐인데 시간의 해묵은 때가 조금씩 벗겨지며 후련해지는 경이로운 경험이었다. 시간의 실패에 딴딴하게 감겨 있던 황금빛 시간이 속절없이 풀려 시간의 강을 따라 느릿느릿 흘러가는 것 같았다.

똥의 성곽을 향해 걸어갔다.

아주 낯선 풍경이 펼쳐졌다. 하얀 담벼락 위에 똥으로 쌓은 성곽은 도시인한테 웬만해선 모습을 잘 보이지 않던 경이로움이란 단어를 속에서 불쑥 끄집어냈다.

똥이라니!

이성적으로 해석되어지지 않던 것들이 똥을, 똥의 성곽을 바라보는 것만으로 순간 무력화됐다. 후련한 똥이라고 해야 할까! 명쾌한 똥이라고 해야 할까! 무엇인지 모르지만 똥 눈 뒤의 시원함 같은 것. 그것은 해석할 수 있는 것이 아니고 이해할 수 있는 것이 아니다. 나를 감싸고 있던 문명의 허울이 똥에 의해 무장해제당하는 순간이다. 영문도 모른 채, 아무 이유 없이 돌도끼를 든 원시인에게 끌려가 그들의 신성한 태양신 앞에 무릎 꿇고 있는 심정. 불가사의한 것은 바라만 보아도 내가 해체당하는 똥이 존재한다는 사실이다.

몸을 칭칭 감고 있는 시간의 성곽은 똥의 성곽 앞에서 보이지 않았다.

'반사면 없는 거울',
시멘트 담벼락에 핀 꽃

구례의 한 농가 담벼락에 빛이 그림을 그리고 있다
가을볕에 잘 익은 시멘트 담벼락은 거울 속의 거울
담벼락은 빛이 그리는 대로 꽃들을 거울에 비춘다

꽃 속의 푸른 호수
햇빛을 향해 열린 꽃 속의 창
은하수 박힌 꽃의 심장

시멘트 담벼락에 비친 것은 꽃과
꽃 그림자뿐만이 아니다
아무도 거들떠보지 않는 농가 구석진 자리에서
꽃들은 아무렇지 않게 피고

꽃들은 별을 노래하지 않아도 별

꽃들은 달을 숭배하지 않아도 달

시멘트 담벼락에 비친 꽃 그림자는

꽃이지만 실체가 없는 꽃

꽃이지만 달에서 살던 꽃

꽃이지만 무의식 저편에서 건너온 꽃.

이미지와 이미지의 배반

꽃은 꽃이고 담은 담이지만 담이 꽃이 될 때가 있다. 이미지의 전복이 일어날 때가 그렇다. 이미지의 전복은 고정관념에 불협화음을 일으킨다. 시멘트 담벼락은 꽃 그림자를 꽃으로 보이게끔 우리의 이미지를 전복시킨다.

시멘트 담벼락의 다른 얼굴인 "반사면 없는 거울La glace sans tain"은 무의식의 꽃을 비춘다. 이 거울은 현실에 있지만 현실에 존재하지 않는 꽃을 비추는 초현실적인 거울이다. 지리산 자락 발길 뜸한 촌에 숨어 있던 이 거울은 세상에 있으면서 세상 밖을 비추고, 풍경을 있는 그대로 재현하지 않는 마법의 거울이다. 보이면서, 보이지 않는 꽃이다.

차가운 시멘트 담벼락이 꽃의 환한 내면을 담아 비친 그림자를 보며, 내 안의 거울도 내 그림자를 따뜻하게 비출 수 있으리란 생각을 했다. 나를 세상의 벽에 비춰내고 사람과 사람 사이 거울에 비춰내고 내 안의 그림자마저 따스한 햇살 아래 비춰낼 수 있으리라 생각되었으니 오늘은 각성이라도 한 날 같았다. 시멘트 담벼락에 비친 곧 사라져버릴 꽃 그림자는 루브르 박물관의 명화들보다 아름다웠다. 아무리 명화라 한들 미에 대한 티끌만 한 각성이나 감동이 없다면 눈길 한번 받지 못한 채 들녘에서 피고 지는 꽃들보다 나을 것도 없다.

비록 환상에 가까운 시뮬라크르simulacre의 꽃일지언정 시멘트 담벼락에 핀 그림자 꽃은, 그 옆에 핀 진분홍 생화보다 아름다웠다. 지금 이 순간만큼은 꽃보다 꽃 그림자가 더 아름답다. '반사면 없는 거울'은 꽃의 표면을 지나 꽃의 심연을 향한다.

꽃과 꽃의 이면 사이 꽃 벼락

내가 본 것은 꽃이 아니라 꽃의 이면이다.

여행을 하다 보면 우연한 풍경에 매료될 때가 있다. 정선 몰운대에서 나무를 쪼고 있는 딱따구리를 보다가 눈송이처럼 떨어지는 나무 파편에 맞는 신기한 체험을 하며 딱따구

리에 관한 명상을 한다든지, 고서 겨울 언덕에 홀로 서서 파란 하늘을 떠받치고 있는 수령 오래된 은사시나무를 본다든지, 강진 동백나무 숲에 길게 드리운 내 그림자에 붉은 꽃이 핀 걸 볼 때가 그렇다. 풍경을 보다 보면 아무것도 아닌 것 같아 보이는 것들이 영혼에 스파크를 일으킬 때가 있다. 영혼에 스파크를 일으키는 것들은 거대하거나 아름다운 것들이 아니다. 우리의 판단력이 반응하는 것들은 의지와 목적을 동반하기에 어떤 식으로든 해석을 요구한다. 그렇시만 영혼에 스파크를 일으키는 것들은 정신에 순간적으로 틈입했다 사라지는 불협화음 같다. 별것도 아닌 것들이 순간 별것으로 보일 때 영혼에 스파크가 일어난다. 디오니소스적인 도취의 전율이라고 할까. 오늘은 구례 운조루와 토지초등학교 사이 길을 거닐다가 신비한 꽃을 보았다. 농가 시멘트 담벼락에 핀 조금 이상한 꽃을 본 것이다. 계절을 순환하는 지극히 일상적인 꽃들이, 개울가나 처마 울타리, 수레바퀴 틈에서 툇마루 밑에서, 그리고 시멘트 담벼락 앞에 아무렇지 않게 있다가, 그 꽃을 본 마음의 눈을 뜨게 한 것이다.

꽃 벼락!

꽃 벼락은 꽃이, 꽃의 이면을 통해 전언을 하는 것이다. 보잘것없는 시골 마을 시멘트 담벼락에 꽃 그림자가 새겨져 있었다. 사그라드는 빛살 무늬가 지상에 머물다 떠나기 전, 사람들을 위해 찰나의 예술을 베푼 것이다. 상처받아 금 가고 깨진 마음에, 이루지 못한 꿈을 가진 사람들을 위하여, 노을 지는 논둑길을 걸어오는 남루한 어머니에게, 숨 한번 돌릴 사이 풍경 구경 한번 하시라고, 햇빛이 아름다운 꽃 벼락을 내린 것이다.

그림자 뿌리에서 피는 꽃

우리 몸과 마음에는 세상을 향한 창이 나 있다.

여행은 그 창을 열게 하여 맑은 공기를 맛보게 하고 심장을 뛰게 한다. 오늘은 꽃 그림자가 눈부시다는 것을 알게 되었다. 꽃 그림자는 꽃의 이면이다. 꽃의 이면을 통해 생의 이면을 들여다보게 하는 것도 여행이다. 여행은 마음에 바람 한 줄기 들여보내 바람을 영글게 하고, 첩첩산중 산을 들여놓고 달빛 여문 고독한 밤을 맞게 하고, 어느 날 문득 해거름 녘 풍경만으로도 눈물 한 방울 짓게 한다.

살다 보면 자신도 모르게 우상을 만들게 될 때가 있고 그것이 삶의 모델인 양 착각할 때가 있다. 그러나 숭배한 우상을 파괴하고 고독한 집을 지을 수 있는 것도 여행이다. 우상idole은 실물로 착각할 만큼 정밀한 그림의 모습, 즉 트롱쁠뢰trompe l'oeil가 되어 우리를 유혹한다. 여행이 아름다운 것은 우리가 숭배한 덧없는 우상으로부터 나를 해방시키고, 트롱쁠뢰한

현실로부터 나를 멀리 떨어뜨려놓아 삶의 본질을 보게 한다.

빛이 사위기 전에 서둘러 '반사면 없는 거울' 속으로 여행을 떠났다. 시멘트 담벼락 거울에는 무수한 꽃 이미지와 이미지의 배반을 일으킨 꽃 그림자가 무수히 보였다. 생각해보면 사는 일도 거울 속 여행에서 만난 꽃과 꽃 그림자와 크게 다르지 않다. 나는 꽃을 피운다고 살았는데 돌아보면 시멘트 담벼락 모습처럼 꽃 그림자만 크게 그려져 있다. 나의 생에 꽃이 아니고 꽃 그림자가 들었다고 서운할 필요는 없다. 생은 그림자가 짙어야 햇빛도 깊게 들고, 그림자를 뿌리로 하여 꽃은 피고, 허무가 쓰러진 자리에서 일어서니까.

파울 클레의 그림을 보는 일은 즐겁다. 1889년경 클레의 어린 시절 그림Bild aus der Kindheit um1889이니 아홉 살 무렵이다. 거장의 어린 날을 엿볼 수 있는 순정한 동심이 표현된 꽃들은 클레의 만년 그림이라고 해도 이상하지 않을 만큼 미학적이다. 클레는 어릴 적부터 남다른 조형미를 갖고 있었던 것 같다. 파란색으로 칠해진 달개비꽃 옆에는 진분홍 꽃이 피었고, 그 꽃 위로 조붓한 꽃봉오리가 하나 더 있고, 좌우로 뻗은 줄기에는 꽃이 지고 꽃대만 남았다. 어린 날 꽃을 이렇게 심미적으로 표현하기도 쉽지 않을 것이다. 더 재미있는 것은 꽃 두 송이가 거꾸로 되어 있다는 것이다. 꽃이 땅에 떨어진 것

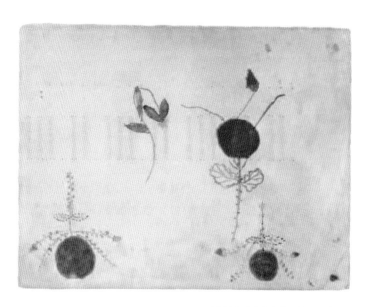

파울 클레의 어린 시절 그림(1889년 경)

을 말하려는 것인지, 꽃들은 거꾸로도 피어난다는 발상인지, 유희적 몽상이 꿈의 세계를 엿보는 것만 같다.

구례 농가의 시멘트 담장에 핀 꽃과 꽃 그림자를 보면서 이 광경이야말로 꿈의 세계에서나 볼 것 같은 유희적 몽상이 아닐까 생각했다. 나는 클레의 어린 시절 그림과 함께 시멘트 담장에 핀 꽃과 꽃 그림자를 보며, 동화 속을 다녀온 것 같았다. 저 시멘트 담장은 현실에 존재하지만 초현실 나라 거울 속에서 본 풍경이다.

시간 전시장-조심, 조심, 다무락

세상 모든 사물은 시간에 의해 주저앉아간다.

시간도 시간에 의해 주저앉아간다. 집을 보며 시간이 주저앉아 퇴색한 시간을 보았다. 시간으로 지은 집 어딘가는 돌멩이가 빠져 푸석거렸고, 나무 기둥과 가로 받침 대들보 나무는 못질을 하거나 꺽쇠로 연결하여 기둥을 지탱하고 있다. 담벼락 끝에는 한구석이 허물어졌는지 은빛 함석판을 덧대놓았다. 햇빛이 함석판에 반사될 때마다 집은 은빛 날개를 달고 날아오를 것만 같았다.

비닐 장판을 오려 "조심"이라 쓴 뒤 기둥 모퉁이에 못질한 표식에서는 시간에 의해 부식되어가는 시간에 대해 연민이 느껴졌다. 단어 하나가 사그라져가는 시간에 이리 장엄한 시간의 연민을 부여하기도 어렵건만, 저 집 주인은 촌철살인 같

주저앉아 가는 것은 집만이 아니다.

은 말을 무심히 뽑아내 시간의 쇠락을 보여주고 있다.

집이 낡아 허물어질 수도 있으니 '조심'하라는 뜻으로 써 붙였겠지만, 나는 저 '조심'이란 말이, 시간을 '조심'하라는 의미로 보였다. 시간을 조심하지 않고 사는 사람들을 위하여 시간을 조심하라는 경고랄까, 인생이란 시간으로 지은 집도 시간에 의해 허물어 질 수 있다는 경고랄까.

시작도 끝도 없이 오직 시간을 향해 가는 시간의 성채. 시간의 주춧돌을 세우고, 시간의 서까래를 올리고, 시간의 지붕을 얹고, 마침내 시간의 창을 내어 햇살 빛나고 달 뜨고 별이 진 시간, 나무가 푸르러가는 시간을 바라보게 만든 생의 시간의 집.

시간으로 지은 집을 무심히 바라보았다.

시간 전시장!

저 집이, 담벼락이, 그리고 "조심"이라는 말에서 이 집은 시간을 전시한 시간 전시장이란 생각이 들었다. 시간의 퇴적이 빚은 삶이란 형상에 온갖 시간의 무늬를 들여 삶을 총체적으로 바라보게 하는 시간 전시장, 집. 마치 귀머거리가 되어가는 베토벤이 하일리겐슈타트의 유서를 써놓은 것처럼, "조심"이라는 저 말은 조금씩 무너져가는 집이 시간의 풍화 앞에서 쓴 유서 같았다.

닭장에서 파란 플라스틱 바가지에 달걀을 꺼내오는 할아버지는 이 집이 100년을 넘었다고 했다. 돌과 흙과 나무만이 시간을 증언했다. 담벼락을 헤쳐보면 어딘가에 100년 된 공기 한 줌, 100년 전 바람 한 움큼, 100년 지난 천둥소리 한 됫박, 100년 전부터 식구들 밥 먹는 모습이 있을 것이다.

시간의 무無에서, 다시 시간의 무無로 영원 회귀하는 시간의 집은 영원한 위버멘쉬Übermensch다. 사실 시간만큼 위버멘쉬한 것이 어디 있을까. 초인이 있다면 그는 시간을 부릴 수 있는 유일한 초능력자일 것이다. 시간 앞에서 무력해지는 것은 비단 사람만이 아니다. 형해화되어 사라져가는 집이 그렇고 담장이 그렇다. 속수무책으로 시간만을 바라보며 시간만을 숭배하게 만드는 시간의 거대한 힘을 담벼락 앞에서 느끼고 있다. 나는 쇠락해진 담장을 보며 어떤 무력감에 젖어든다. 시간만큼 늙지도 않는 열정이 또 어디 있을까 생각해본다. 열정Appassionata은 무언가를 생성하게 만드는 에너지인데 역설적이게도 시간의 열정은 오래될수록 사물을 가만히 놔두질 않는다. 시간의 좀벌레들이 끝없이 탄생하는 시간을 갉아먹어 새로 만들어지는 시간만큼 시간은 소멸된다. 시간의 열정, 시간에 축적된 세월이 많으면 많을수록 그 시간은 존재에서 무로 향하니 사람은 바라보기만 할 뿐.

담장 속에 깃든 흙의 시간, 돌의 시간, 나무의 시간, 지푸라기의 시간, 옥수숫대의 시간, 녹슬어가는 못의 시간, 그리고 저 담장을 오래도록 서 있게 만든 사람들의 인정의 시간에 대해 생각해본다.

에드가 드가Edgar Degas의 그림 중에 잘 알려지진 않았으나 〈멜랑콜리Melancholy〉란 작품이 있다. 드가는 사물의 동작을 순간적으로 포착하는 데 천재였다. 그의 그림들은 전부 움직이고 있다. 그림 속에 등장하는 발레리나들은 선적인 구도 속에 삶을 표상한다. 무대 위에서 춤을 추는 발레리나뿐 아니라, 무대 뒤에서 대기하는 발레리나에게서도 드가는 어떤 움직임의 순간을 낚아채 그림에 옮겨놓았다. 동물들에서도 예외 없이 생명력 충만한 동작의 순간을 포착했으니 드가는 누구보다도 역동성이 꿈틀거리는 에너지를 품었던 화가였다. 그의 작품 중 우수에 찬 여인의 포즈를 그린 〈멜랑콜리〉는 많은 생각에 잠기게 한다. 여인은 생의 어찌할 수 없는 시간 앞에서 깊은 우수와 사색에 잠겨 있다.

생에 드리운 우울과 비감이 무엇인지 알 길은 없으나 여자는 고혹적인 모습으로 눈을 지긋이 감고 깊은 사색에 잠겨 있다. 이 작품이 시선을 붙잡는 이유는 여자의 마음에 '깊은 심심함'이 있을 것 같아서다. 발터 벤야민은 '깊은 심심함'을

"경험의 알을 품고 있는 꿈의 새"라고 했다. 정신Geist을 이완시키고 정신에 생명을 불어넣어 꿈의 새가 날개를 펴고 날아오르게 하는 '깊은 심심함'이란 마음속 심연에 있는 고요한 공간이다.

멜랑콜리한 표정의 여인이 쇠락해져가는 흙과 돌과 짚과 인정으로 건축했던 창평의 담장 속에 있을 것만 같다. 세상의 모든 담장에는 사람이 살고 있다. 세상의 모든 담장은 요셉 수크Josef Suk가 연주하는 바이올린곡〈엘레지Elegie〉처럼 엘레지적인 사연을 간직하고 있다. 담장에 있는 시간 서랍을 열어보면 얼마나 많은 사람들의 사연과 나무와 꽃의 전하지 못한 말과 차마 지상을 떠나지 못한 그림자들이 숨어 있을까.

드가의 그림 속 여인은 프랑스에서 19세기를 살다 간 이름 모를 사람이겠지만, 느낌이 프랑스적이지 않은 것은, 그녀의 얼굴과 몸에 드리운 표정이 인간의 보편적인 멜랑콜리한 감정을 표현했기 때문일 것이다. 19세기를 살았던 조선의 어느 여인인들 그림 속 사람처럼 멜랑콜리한 삶을 살지 않았겠는가. 또한 사진 속 담벼락을 쌓았던 촌부들 역시 생의 어느 순간마다 멜랑콜리한 표정을 지었을 것이다. 멜랑콜리란 우울과 비감한 정서를 나타내는 감정으로 삶의 궁극적 의미에 대해 회의를 갖는 것이라니 삶의 구비마다 누군들 멜랑콜리한 사람이 되지 않을 수 있었을까.

에드가 드가, 〈멜랑콜리〉

담장의 멜랑콜리!

나는 담장에서 드가의 그림 속 멜랑콜리한 여인의 모습을 보고 있다. 담장도 오랜 세월, 한 100년쯤 살다 보면 이젠 자신의 삶에 대해 멜랑콜리한 표정을 지을 때도 됐다. 때로는 삶이 지겨울 때도 있을 것이고, 때로는 아쉬움도 많을 것이고, 때로는 회한도 많을 것이다.

나는 "조심"하라는 딱지를 달고 서 있는 담장을 뒤로하고 해쓱한 그리움을 품은 채 흙과 돌과 시간을 어루만지며 길을 갔다. 길 속에서 또 다른 담장을 만날 때까지 길은 생이 되어 간다.

잘못 든 길에서 담장을 줍다;
감빛 빛살 무늬에 지친 빛살 무늬 그리움

감빛 노을에 물들고 있었다.

담장에 그려진 찰나의 빛살 무늬는 보이지 않는 세계의 꿈이다. 우주 공간으로 뻗쳐나가던 빛살이 푸른 별에 닿으면 무늬의 꿈이 그려진다. 속절없이 직진을 거듭하다 사물에 닿아 그림을 그려놓고 다시 먼 길 떠나는 빛살이 머문 자리는 온화하기 그지없다. 노을 지는 시간은 사람이 가장 사람다워지는 순간이다. 초저녁 별이 반짝이기 전의 이 시간은 문득 산다는 것에 숙연해지고, 제 안에 든 별빛을 닦으며 먼 길을 걸어갈 생각에 잠기기도 하고, 집으로 돌아가기 위하여 나무를 차오르는 파랑새 한 마리를 바라보고, 작은 느티나무 한 그루 심고 싶어지는 적멸의 순간이다. 돌아보면 이뤄놓은 것은 없지만 삶에 감사할 수 있는 작은 안식의 시간이다.

노을에 물들어 가는 담장

노을에 물든 담장

우연이 생을 밀고 가는 것이 무엇인지 어렴풋이 알게 됐다.

고속도로를 타야 하는 두 갈래 길에서 실수로 국도로 접어든 적이 있었다. 처음 가보는 길이 조금 당황스럽기도 했지만 어차피 들어선 길, 마음을 내려놓으니 새로운 길을 보는 여유가 생겼다. '그래 안 가본 길은 설렘을 불러오는 법! 설렘이 길을 만든다!'라는 생각을 하며 길을 갔다. 아산에서 공주로 이어지는 5월 초의 국도변은 초록이 짙어져 가고 있었다. 차창을 스치는 길 건너 마을의 쓸쓸한 담장 하나가 눈에 들어왔다. 가던 길을 멈추고 걸어가보니 쓰러질 것만 같은 담장에 노을이 물들고 있었다.

담장은 얼마나 오랜 세월을 저렇게 서 있는 것일까. 세상의 풍파를 온몸으로 버티고 선 담장이 우주로 가는 작은 우주선 같다. 삶이라는 게 자기만의 우주선을 타고 낯선 우주를 항해하는 것이지 않을까.

길을 잘못 든 우연이 새로운 담장을 만나게 해준 것이다. 정해진 길에서 벗어날 때 우리는 레이스를 달리는 자전거 선수처럼 얼마나 불안해했던가. 맞물려 돌아가는 톱니바퀴가 되어 한 치의 오차도 없이 생의 시계 바퀴를 굴려야 한다고 하는 삶처럼 재미없는 게 또 어디 있을까.

담장에서 울려오는 3중 협주곡을 들었다.

돌을 쌓아올린 담과 흙벽돌로 만든 담과 시멘트 블록으로 지어진 담이 나란히 놓여 있다. 가운데 담 일부는 마대 자루로 덧대놓았다. 그러고 보면 삶이라고 별반 다를 것도 없다. 저 담장처럼 여러 겹의 풍경이 나란히 선 것이 삶의 역사일 것이다. 남루해 보이더라도 담장처럼 의연하게 시간을 밀고 가는 게 삶이란 생각이 들었다.

베토벤의 〈3중 협주곡〉은 피아노, 바이올린, 첼로의 독주 악기에 관현악이 결합된 곡이다. 베토벤은 이 곡을 30대 초반인 1803년 무렵 작곡한 것으로 알려졌는데 이즈음 그는 이미 〈크로이처 소나타〉, 〈발트슈타인 소나타〉, 〈교향곡 3번 영웅〉 등을 만들었거나 만들던 중이어서, 혹자는 〈3중 협주곡〉이 세 명작에 비해 떨어진다고 말하기도 하지만, 이 곡을 좋아하는 이유는 완벽하지 않은 결핍이 도리어 마음을 편안하게 해주기 때문이다.

이런 생각을 하며 좀 못나 보이는 담장을 보다가 앙리 루소 Henri Rousseau 의 조금 엉뚱해 보이는 그림이 생각났다. 앙리 루소의 〈꿈〉은 그가 대형 캔버스에 그린 여러 그림 중 하나다. 루소가 그린 정글은 제목처럼 '꿈'을 그려놓은 것이다. 루소는 프랑스를 떠나본 적도 없고, 톨게이트 징수원으로 살기도 빠듯했으니 그의 미술적 상상력은 모두 그림책과 파리의 식물원에서 나왔다. 일생 동안 비평가들에게 조롱을 받았지만

앙리 루소, 〈꿈〉, 1910

독학으로 천재의 반열에 올랐다. 루소의 그림이 캔버스로 길가에서 팔려나가는 것을 우연히 보게 된 피카소가, 그의 천재성을 알아보고 그를 만나러 간 일화가 있을 정도다. 피카소는 루소를 위해 자신의 스튜디오에서 파티를 열었다.

루소의 〈꿈〉에 나타난 정글 풍경은 동화적 몽상이 빚은 공간이다. 정글의 식물들은 그림책이나 식물원에 있는 식물들의 집합체이기에 리얼리티는 떨어지고, 사자는 익살스럽고, 나체의 여자는 우아한 몸짓으로 비스듬히 기대 있지만 뭔가 좀 어색한 느낌이다. 루소의 그림은 초현실 공간에서 꿈을 꾸고 있었다. 예술은 현실을 있는 그대로 보여주지 않고 몽상을 섞어 현실 저 너머를 보여준다. 우리는 그림 속의 〈꿈〉을 통해 각자의 꿈을 꿀 뿐이다.

스러져가는 담장에서 내가 본 것도 결국은 꿈이 전화된 삶의 이야기다.

노을빛에 물들어가는 담장은 나에게 말을 한다. "나처럼 지는 노을빛에 물들어 누군가에게 풍경이 되어준 적은 있는지?", 비록 허름할지라도 "꿈을 꾸고 있는 내 모습처럼 당신은 꿈을 갖고 있느냐고?", "현실을 좀 더 깊이 이해하기 위한 초현실을 품어본 적이 있느냐고?"…… 나는 잠시 머뭇거렸다. 주머니도 뒤져보고, 가슴 속도 열어보고, 뇌의 뚜껑도 열어보았지만 내게는 누군가를 물들여줄 노을 지는 풍경과 꿈과 현실의 이면인 초현실을 찾을 수 없었다.

한참 동안 머뭇거리며 담장 앞을 서성이는데 초저녁 별이
반짝였다. 나는 담장 속으로 초저녁 별을 만나러 갔다.

'이미지의 배반'-이것은
담장 풍경이 아니다

산등성이에 걸린 해가 사그라져가고 있었다.

해의 끄트머리만 산의 등줄기와 등줄기 사이에서 겨우 보였다. 찰나를 물들이는 빛은 찰나다. 시간이 찰나인 것처럼 빛도 찰나다. 사람도 찰나에서 와서 찰나로 진다. 생은 조금 긴 찰나라고 해야 할까, 조금 긴 머무름이라 해야 할까. 사람 곁에서 사람들 삶을 들여다보고 있는 담장은 오랜 세월에 낡았는지 새로 단장을 했다. 세상을 아름답게 물들이는 저 석양빛의 해도 50억 년 후면 천수를 다한다. 그즈음이면 파란 지구별도 하얗게 타버릴 것이고 시인 리카르다 후흐 Ricarda Huch 가 노래했듯 "지상의 공간에 산 모든 것은 지나가버린다"라는 말과 함께, 지상에 존재했던 모든 것은 먼지가 될 것이다. 지구별 하나 흔적 없이 사라진다고 우주는 눈물 한 방울 흘리

지 않을 것이며 거대한 우주는 또 암흑 공간으로 별들을 팽창시킬 것이다. 50억 년은 무량하기 짝이 없지만 은하계 시간으로는 덧없는 시간이다. 지는 해를 보면 이유 없이 서러워진다. 석양빛을 바라보는 담장은 무슨 마음이기에 저렇듯 무덤덤하게 있는 것일까.

담장은 불투명체이지만 삶의 이야기를 비춰준다고 생각했다.

담장 속에는 또 하나의 담장이 있고, 또 하나의 담장 속에는 여러 겹의 또 다른 담장이 있다. 저 담장 이전의 담장은 어떤 모습을 하고 있었을까. 황토색 흙은 시간에 지쳐 해쓱한 그리움으로 담장 길을 지나는 사람들을 바라보고 있었을 것이다.

해 저물 녘은 침묵하기 좋다.

덧없는 것들로부터, 소음으로부터, 결별해야 할 것들로부터, 자기 안쪽에 침묵의 성곽을 짓고 침묵하기 좋다. 슈베르트의 〈백조의 노래〉 중 '세레나데' 연가곡처럼 해 지는 풍경은 삶을 연민에 들게 한다. 오래전 테너 페터 슈라이어가 발터 올베르츠의 피아노 반주에 맞춰 '세레나데'를 부르는 것을 본 적이 있다. 연륜 깊은 슈라이어의 미성에서 터져 흐르는 노래는 연민의 집을 짓고 있었다. 〈슈베르티아데〉는 언제 들어도 슬픔이 안으로 터져 흐른다. 옛 동독의 궁정 가수라는 호칭이 힘에 부칠 듯한 나이 든 슈라이어의 음색도 연민이 들었지만, 피아노 반주를 한 올베르츠의 구부정한 등과 나이 든 선한 얼굴에도 연민이 들었다. 슈베르트 연가곡으로 옛 동독 시절부터 오랜 세월을 함께한 늙어버린 가수와 피아니스트, 공연을 보는 내내 그들의 삶과 예술이 세레나데 같다는 생각에 연민이 들었다.

담장 사진도 그렇다. 담장 사진은 슈베르트 연가곡 같은 연민을 우리 앞에 불러낸다. 사라져간 것들, 그럼에도 불구하고 사라지지 않는 것들은 여전히 애잔하고 조금은 쓸쓸한 이미지를 새겨놓지만, 시간에 남겨진 우리 생의 자화상 같은 담장이 있기에 물끄러미 바라만 보아도 누군가 말을 걸어오는 것 같다. 담장을 사진이라는 틀에 액자화시켜놓으면 우리가 미처 알지 못했던 것들을 심미적으로 만나게 되는데 담장이 너무 흔한 사물이라서 무관심하게 그냥 지나쳐버리기 때문일까. 사진은 부분이든 전체든 연민을 극대화하여 보여주는 마력이 있다.

산등성이를 붉게 물들인 해거름 따라 온 산이 하얀 것은 꽃 때문이다. 산색을 물들인 꽃들과 함께 39번 국도와 집과 담장이 있는 사진 속 풍경에 분홍색 꽃이 보이지 않았다면 11월

르네 마그리트, 〈이미지의 배반〉, 1929

초겨울의 쓸쓸한 저녁 무렵이라 해도 낯설지 않다. 그러나 자세히 보면 먼 산도 꽃그늘에 희뿌옇고, 국도변 아래 냇가에는 초록이 짙어가고, 이미지의 배반을 일으키는 것 같은 사진 속 풍경은 라일락 핀 5월 초하룻날이다. 우리들 생은 사실 무수한 이미지의 배반 속을 방황한다. 초현실주의 화가 르네 마그리트Rene Francois Ghislain Magritte가 파이프를 그려놓고 그림 밑에 "이것은 파이프가 아니다Ceci n'est pas une pipe"라고 썼듯이, 저 사진 한 귀퉁이에 '이 풍경은 봄이 아니다'라고 이미지의 배반을 일으키고 싶었다. 마그리트의 이 당황스러운(?) 그림 밑에 쓰인 저 말은 하나의 언표일 뿐이다. 누가 보아도 담배 파이프임이 분명한데 '이것은 파이프가 아니다'라는 말은 기호이며, 우리 생에 무수한 반란을 일으키는 이미지들의 상징이다. 초현실주의자 르네 마그리트가 그림 밑에 '이것은 파이프가 아니다'라고 써 넣은 것이나 철학자 미셸 푸코가 이 그림에 주목하는 이유는, 사물의 이미지와 실제 사물을 같은 것이라고 동일시하는 우리들의 관습적인 인식에 "그것이 과연 그럴까?"라고 조소 섞인 질문을 던진 것일 게다. 우리는 얼마나 많은 것에 대해 이미지와 실제를 혼동하며 살아가는가. 파이프 그림은, 파이프라는 단어는, 그림이며 단어일 뿐, 파이프 자체가 될 수는 없다. '이미지의 배반La trahison des images'이 어디 그림 속에서만 존재하겠는가.

생을 변주시키는 담장 풍경을 보며 내 삶을 조금은 낯설게 바라보고 싶었다. 내가 만들어갈 수밖에 없는 고정관념 속의 삶이겠지만 때로는 '이것은 내 삶이 아니다'라고 부정하고 싶다. 익숙한 삶을 망치로 깨부수고 낯설지만 신선한 바람도 불게 하고, 푸른 하늘도 보여주고, 나무 한 그루 꽃 한 송이도 새롭게 볼 수 있는 그런 삶이, 이미지의 배반 그 어딘가에 있지 않을까. 처음 가 본 39번 국도의 시골길을 따라가다 우연히 보게 된 풍경 앞에 차를 세우고, 한없이 쳐다보던 담장의 낯선 사진 밑에 글씨를 쓴다.

'이것은 담장 풍경이 아니다!'

오르페우스와 에우리디케가 사는
집으로 가는 파꽃 핀 돌각담

오페라에 무관심한 사람일지라도 귀에 익은 아리아를 들을 때면, 가슴 한쪽이 아려오거나 이름 모를 그리움에 사로잡힐 때가 있다. 사랑과 이별에 대한 회한 짙은 노래일수록, 사랑과 죽음이 갈라놓은 슬픔 깃든 노래일수록 그렇다.

글루크의 오페라 〈오르페우스와 에우리디케Orpheus und Eurydike〉 3막에 나오는 '에우리디케 없이 어떻게 사나Che Faro Senza Euridike'도 바로 그런 아리아 중 한 곡이다. 사랑하는 아내를 저승으로부터 구출하기 위하여 명계冥界의 신들을 찾아가선 그들을 감동시키고, 마침내 죽은 아내와 함께 이승으로 나가던 중, 지상의 문 앞에서 그만 약속을 어겨 이루지 못한 사랑의 비통함!…… 이 노래를 들을 때면 슬프고 아름다운 사랑의 전율에 가슴 한쪽에서 붉은 동백꽃물이 든다.

숲의 님프 에우리디케와 사랑에 빠진 오르페우스는 그녀를 아내로 맞이하지만 둘의 사랑은 신혼의 단꿈이 채 가시기도 전에 막을 내린다. 어느 날 올림포스 들녘으로 나들이 간 에우리디케의 미모에 넋 잃은 양치기 아리스타이오스가 그녀에게 말을 건네며 쫓아오자 뒷걸음치며 도망치던 에우리디케는 그만 풀숲의 독사를 밟아 발뒤꿈치를 물려 죽고 만다. 혼인한 지 열흘도 채 되지 않아 일어난 사랑하는 아내의 죽음 앞에 오르페우스는 좌절과 실의에 빠져 지낸다. 아무리 죽은 아내를 잊으려 해도 그리움만 더하는 오르페우스는 에우리디케를 다시 지상으로 데려오기 위하여 저승 세계를 찾아가기로 결심한다.

오르페우스는 대지의 여신 데메테르 신전으로 찾아가 읍소하지만 "아내 잃은 자의 슬픔에 심장이 터질 것 같고 그 절망이 뇌수에 새겨진 자가 너뿐만이 아니다, 저승은 햇빛이 든다거나 꽃이 핀다거나 이승의 법이 미친다거나, 대지의 여신인 내 말이 통하는 곳도 아니다"라는 말을 듣는다. 하지만 오르페우스는 "오, 땅의 어머니 데메테르 신이시여! 불쌍하고 애달픈 저의 사연을 들어주소서" 하며 눈물로 간청하여 마침내 저승으로 가는 타이나론 길을 알게 된다.

그러나 산 자가 죽은 자를 찾아 저승으로 간다는 건 용기만으로 되는 일이 아니다. 그럼에도 오르페우스는 사랑하는 아내를 찾아 저승 세계로 향한다. 오르페우스가 데메테르 여신에게 저승으로 가는 길을 허락받을 수 있었던 것은 그가 명가수이며 리라의 명연주자였기 때문이다.

오르페우스는 원래 리라의 명인으로 음악의 신 아폴론과 뮤즈 칼리오페 사이에서 태어났다. 오르페우스가 리라를 연주하며 노래를 부르면 인간은 물론 신과 숲의 정령, 나무와 동식물, 바위, 시냇물까지도 탄복했다. 오르페우스는 아버지 아폴론으로부터 리라 연주 기술을 어머니 칼리오페로부터는 아름다운 목소리를 물려받았다. 그래서 오르페우스가 리라를 타며 노랠 부르면 벌레나 꽃이나 동물이나 감동하지 않고 탄복하지 않는 것이 없었다. 오르페우스는 이러한 음악의 힘으로 저승의 문을 열고 들어서려 했고, 대지의 여신 데메테르도 그의 신비한 음악의 힘을 믿었기에 저승길을 허락했던 것이다.

오르페우스는 황천으로 들어가는 길목을 지키는 아케론강의 뱃사공 카론과 저승의 문을 지키는 머리 셋 달린 삼두견 케르베로스를 리라를 타서 음악의 힘으로 복종시킨다. 뿐만 아니라 불의 강 플레게톤을 건널 때도 리라를 타니 불길이 길을 열었고, 망각의 강 레테를 건널 때도 노래를 하며 리라를 타니 망각의 강은 음악에 취해 망각의 강물을 잠시 정지시켰

저승 세계를 탈출하는 오르페우스와 에우리디케. Jean Baptiste Camille Corot, 〈Orpheus〉

다. 그 사이 오르페우스는 이승의 기억을 강물에 흘려보내지 않고 기억을 간직한 채 망각의 강을 건널 수 있었다.

마침내 오르페우스는 저승의 왕 하데스와 그의 아내 페르세포네 여왕 앞에 섰다. 그리곤 "명계를 다스리는 저승의 신들이시여! 구슬프고 애달픈 저의 사연을 들어주소서!" 하며, 저승 세계를 울리는 비통하여 아름다운 고귀한 노래와 고요한 침묵의 무늬마저 일어서게 하는 리라 연주로 신들의 마음을 단번에 사로잡았다.

여왕 페르세포네는 하염없이 눈물을 훔쳤으며, 하데스 왕역시 먹먹해진 가슴을 저미는 연주와 노래에 허공만 응시했고, 저승의 혼령들 또한 깊은 슬픔에 잠겼다.

마침내 하데스로부터 지상으로 함께 가도 좋다는 허락을 받게 된 오르페우스는 사무치게 보고 싶었던 아내 에우리디케를 만나게 된다. 그러나 한 가지 조건이 있었다. 저승길을 빠져나가 지상에 다다르기 전까지 에우리디케를 절대 보아서는 안 된다는 것이다. 혼령의 모습인 에우리디케는 죽은 자이고 오르페우스는 산 자였으므로 마주 보고 눈길을 나눌 수없다는 것이 저승의 법이었다.

하데스의 신전을 나와 저승 세계를 탈출하는 오르페우스와 에우리디케는 걷고 또 걸었다. 오르페우스는 앞서가며 뒤 따라오는 에우리디케의 손을 꼭 잡은 채 보고 싶은 마음은 말로 달랬다. 음습한 강을 건너 험한 산을 넘기를 반복하며 지상으로 나가는 동굴로 향했다. 오르페우스는 손을 꼭 잡고 가면서도 간간이 "에우리디케, 잘 따라오고 있지요?" 물었다. 그러면 에우리디케는 "네. 잘 따라가고 있어요, 오르페우스! 뒤돌아보지 말고 앞만 보고 가세요!" 하고 대답했다. 두 사람은 그렇게 먼 길을 걸었다. 지칠 사이도 없이 한 번도 쉬지 않고 그리움의 손을 꼭 잡고 앞으로만 걸어갔다. 얼마나 오랜 날들을 걸었을까! 얼마나 보고 싶은 마음을 참았을까! 드디어 멀리서 반짝이는 빛이 보였다. 동굴 틈으로 빛이 새어 들어 웅덩이 물을 비추고 있었다. 오르페우스는 "조금만 더 가면 지상이에요. 에우리디케, 잘 따라오고 있어요?" 물었다. "네. 오르페우스. 당신 발자국을 따라 걷고 있어요. 염려하지 말고 앞만 보고 가세요. 저는 당신 손만 꼭 잡고 걷고 있어요. 뒤돌아보지 마세요." 에우리디케의 말에 오르페우스는 손에 힘을 주었다. 그리고 동굴을 향해 길을 재촉했다. 빛은 꿈결처럼 아스라하게 보였으나 별빛이 깜박거리듯 어서 오라고 신호를 보내고 있었다. 한줄기 빛이 이렇게 아름다워 보인 적은 없었다. 빛이, 죽은 자의 심장에 뿌리를 박아 칠흑 같던 혼령의 눈에 빛의 꽃을 피우는 시간이 얼마 안 남았으니 말이다.

마침내, 동굴 가까이 이르렀다.

오르페우스가 동굴 밖으로 얼굴을 내밀자 빛이, 찬란한 햇빛이, 그를 감쌌다. 오르페우스는 감격한 마음에 그만 동굴을 채 벗어나지도 않은 상태에서, "오, 에우리디케! 잘 따라왔어요?"라고 말하며 뒤를 돌아보았다. 순간, "네, 앞만 보고 가……" (세요. 오르페우스!)란 말을 잇지도 못한 채 에우리디케는 동굴 어둠 속으로 연기처럼 흩어지는 게 아닌가. 깜짝 놀란 오르페우스가 미칠 듯이 "에우리디케! 에우리디케!"를 소리쳐 불렀다. 오르페우스는 허우적거리며 에우리디케의 손을 움켜쥐려 허공을 더듬었으나 잡히는 것은 어둠뿐이었다. 오르페우스는 울부짖으며 저승의 문을 열려고 아케론강에서 눈물로 호소하며 리라를 탔지만 저승 세계는 두 번 다시 그의 출입을 허락하지 않았다.

끝내 에우리디케를 구출하지 못하고 저승의 강을 건너 혼자 이승으로 돌아온 오르페우스는 깊은 절망에 빠져 지냈다. 이런 경우 오르페우스의 가슴이 미어질까. 아니면 사랑하는 이의 찰나의 실수로 끝내 환생하지 못하고 이승의 문턱에서 다시 저승에 갇힌 에우리디케의 가슴이 더 미어질까. 사랑의 허무를 따지는 일은 부질없다. 때론 사랑이 부질없고 허무 또한 부질없다. 사랑이란 누구를 향한 원망이 아니라 원망으로부터의 도피이며, 누구를 향한 절망의 표출이 아니라 절망으로부터의 도피다.

새로 파란 지붕을 올린 채 성곽처럼 고요한 저 곳은 빈집이다.

대문은 굳게 잠겨 있었고, 담장에 난 창문에도 나무 판이 가려져 있어, 사람의 흔적을 찾을 수 없었다. 집 아래쪽은 돌무더기가 쌓여 있어 걷기가 쉽지 않았다. 집으로 가는 길 자투리땅에 돌을 골라내고 파를 심은 건 아래쪽에 사는 할머니였다. 외지에 사는 집주인은 부모가 살던 집이 허물어지지 말라고 지붕을 올리고 벽과 대문을 보수했다.

파란 지붕으로 곱게 단장한 사진 속 집이 오르페우스와 에우리디케가 사랑의 단꿈을 꿀 보금자리처럼 여겨졌다. 세상에는 오르페우스와 에우리디케처럼 말로 할 수 없는 슬픔에 숨죽여 눈물을 흘린 이들이 얼마나 많을까.

집으로 가는 파꽃 핀 돌담 길에는 오르페우스와 에우리디케의 발자국이 남아 있다. 문만 열고 들어가면 되는 데 아직도 굳게 닫혀있는 대문.

오르페우스는 비통한 마음을 가눌 수 없어 오직 에우리디케만을 생각하며 은둔자로 살아간다.

달빛 춤추는 무월舞月 마을 돌담

—빛의 춤, 삶의 춤

무월舞月 마을에 가면 달빛이 춤을 춘다.

돌담이 된 시간과 돌담이 된 바람과 돌담이 된 햇살과 돌담이 된 별, 그리고 돌담이 된 어머니는 밤이면 달빛 아래 춤을 춘다. 돌에 고인 것들은 모두 이야기가 되었다. 아이들은 돌에서 나와 어른이 되고 어머니는 돌 속에서 쌀을 씻어 밥을 짓고 아버지는 돌밭에서 땅을 갈았다. 모난 돌각담이 둥글둥글한 돌담이 되기까지 빗물이 흐르고 첫서리가 내려 눈에 덮일지라도 돌은 사람들의 온기가 있어 외롭지 않았다. 마을 사람들은 돌 하나에 추억을 쌓고 돌 하나에 정을 주었고 돌 하나에 시간의 띠를 엮어 생을 살았다.

한낮 햇발이 돌담 그득히 쌓이고 있었다.

담의 방랑자 되어 여기저기 떠돌다 이런 돌담을 보면 담을 숭배하게 된다. 담장 앞에 서서 잠시 두 손 모으고 절을 올리며 무엇인가 빌고 싶었다. 장독대 앞에서 이른 새벽 길어 올린 정화수 놓고 치성드리는 어머니처럼 달과 별과 바람과 딱정벌레, 새를 위해 누군가를 위해, 나를 잊고 살았던 나를 위해, 마을 터주신이 살고 있을 것 같은 돌담을 보면 빌고 싶어진다. 자연물을 보며 빌고 싶은 마음이 생기는 것은 토템 적인 생각이 아니라, 돌마다 정성을 올려 쌓는 사람을 보았기 때문이다. 오래전 하동 평사리에서 사진 작업을 할 때 돌담을 쌓는 한 어머니를 본 적이 있다. 무거운 돌을 이리저리 놓으며 돌담을 쌓는 여인은 돌장이를 능가하는 솜씨로 조각보 무늬를 맞추듯 돌을 쌓았다. 어머니가 쌓은 돌담은 돌의 조각보를 깁듯 맵시 있고 견고했다. 촌 태로 빚어 놓은 무심한 미의 절정을 보여주는 돌담은 오로지 어머니 정성만으로 완성된 것이었다. 돌담에 쌓인 정성이 비바람과 눈을 견디며 허물어지지 않게 세월을 버텨준다고 생각했다.

이낀 낀 돌담과 초록 잎사귀 사이로 커다란 옹기가 슬그머니 보였다. 햇빛 쌓여 있는 오래된 장독은 이 집의 신줏단지 같다. 멀리 부엌 벽에는 희미한 그림자가 무리 지어 있는 것

같은 둥그런 체가 걸려 있다. 요즘 세상에 족히 반백 년은 지나 보이는 체를 쓰는 집이 얼마나 있을까 싶은데 저 집에서는 머리가 하얗게 세어버린 쪽 찐 머리에 은비녀 꽂은 할머니가 체로 콩가루를 걸렀다. 할머니의 체에서는 콩가루만 빠져나오는 게 아니라 햇빛도 고운 빛깔로 걸러지고 있었다.

시대가 변하고 사람들이 변했지만 돌담은 태연한 모습으로 풍경을 싱싱하게 하며 "변할 테면 변해보라지! 세상에는 돌처럼 굳은 시간들도 있어. 돌은 진실하거든. 돌이 콩가루가 되었단 소릴 들어봤어? 돌이 강이 되어 흐르는 걸 보았어? 돌은 제자리에 가만있는 것 같지만 구르기도 하고 꽃을 피우기도 하거든. 어디 그뿐인 줄 알아? 신통력도 있다네. 무슨 신통력이냐고? 네 안에도 무수한 마법 같은 신통력이 있잖아. 단지 보이지 않을 뿐이지. 돌은 돌이거든. 돌 속에 든 시간을 보고, 돌 속에 뜬 파란 하늘을 보고, 돌 속에 살고 있는 사람들을 봐. 돌을 모아 쌓은 사람들의 선한 마음이 얼마나 오랜 시간을 살아왔는지 말이야" 하고 돌들이 말을 했다.

무량한 돌의 그늘에 든 시간은 무량한 성채다. 나는 달빛 춤추는 무월 마을 돌담에서 춤을 추는 사람들을 보았다. 돌에서 삶의 춤을 추는 사람들은 환영에서나 볼 수 있지만 우리 안에도 있다. 문득 에드바르트 뭉크의 그림 〈삶의 춤The Dance of Life〉이 생각났다. 뭉크는 1890년대 초 '사랑', '불안', '죽음'을 주제로 한 일련의 그림 작업들을 시작했다.

달이 떠오르는 여름밤 해변에서 춤을 추는 사람들을 그린 〈삶의 춤〉은, '삶의 의미 찾기'라는 뭉크의 예술적 주제가 잘 드러나는 작품이다. 카페에 앉아 한잔의 커피를 마시며 즐겁게 이야기를 나누는 사람들이나, 무표정한 얼굴로 쇼윈도가 투명한 거리를 오가는 사람들, 바닷가 선창에서 그물 가득 든 고깃배를 부리는 사람들, 혹은 산티아고 순례길이나 티베트 고원을 걸으며 삶의 뒤안길을 돌아보는 사람들 역시 표현할 수 없는 외로움과 고독과 삶의 쓸쓸한 풍경을 내면 가득 간직하고 있다. 살아간다는 것은 매 순간 삶의 상처를 극복하는 일이며, 그 상처를 안고 또 끊임없이 펼쳐지는 상처로부터 자유로울 수 없는 생을 바라보는 일이다.

뭉크의 그림에는 삶과 대비되는 두려움, 질병, 죽음에 대한 심리적 상태가 잘 표현되어 있고 사랑과 에로티시즘도 민감하게 반영되어 있다. 강렬한 색조, 어두운 색감은 인간 영혼에 각인된 내면의 혼란을 보여준다. 어쩌면 뭉크는 자신의 생에 드리운 운명 같은 불안과 그늘을 색조로 보여주며 인간 영혼이 사이키델릭하게 뿜어내는 심미적 메시지를 캔버스에 수놓은 것인지 모른다. 〈삶의 춤〉은 달빛이 물 위에 비친 해변가 장면을 표현하고 있다. 왼쪽에는 순결한 흰색 옷을 입은 젊은 여자가 꽃을 만지려 하고 있다. 가운데 빨강 옷을 입고 남자와 포옹한 채 춤을 추는 여자는 드레스 자락으로 상대 발을 휘감고 밀착된 상태로 있어서 관능적으로 보인다. 오른쪽에는 나이 든 여성이 고뇌에 찬 검은 색 옷을 입고 쓸쓸한 표정으로 춤추는 광경을 바라보며 서 있다. 흰색과 빨강, 검정, 세 가지 색깔의 옷을 입은 여성은 삶의 세 단계, 즉 흰색의 순수한 젊음과 깊은 사랑을 의미하는 빨강으로 표현된 부부의 행복, 검정이 상징하는 고뇌 죽음 등으로 생각해 볼 수 있을 것이다. 뭉크는 색으로 표현된 여자의 3단계 생을, 춤의 은유로 바꿔 놓았다. 뭉크는 이 작품의 제목을 〈삶의 춤〉 혹은 '생명의 춤'이라고 붙였지만, 나는 이 그림의 주제가 '죽음의 춤 The dance of death'이라는 생각이 들었다. 빨강 옷을 입은 여자와 남자가 그림 가운데서 춤을 추는 장면이 핵심이 아니라, 죽음의 사신 같은 검은 옷을 입은 여자가 지긋하게 눈을 감고 춤추는 삶의 광경을 묵상하듯 보는 장면은, 뭉크 미학에서 느낄 수 있는 삶의 양면성을 보는 듯하다. 달무리 지는 해변가에서 몽유병자처럼 춤을 추는 한여름 밤의 꿈 같은 풍경은 삶의 고립감이나 상실감, 불안감으로부터 벗어나려는 사람들, 혹은 뭉크 자신의 내면을 보여준다. 또한 고립과 상실과 불안이 그의 예술을 어떻게 촉발시키는지를 보여주기도 한다.

뭉크, 〈삶의 춤〉

뭉크의 그림 〈삶의 춤〉을 보며 달빛 춤추는 무월 마을 돌담을 떠올렸고, 담양 한적한 곳에 있는 돌담을 볼 때마다 삶의 불안에서 해방되어 춤을 추고 싶은 뭉크의 그림을 생각했다. 돌담에 햇발이 들이쳐 환해지고 있었다. 밤새, 달빛 춤추는 밤에, 돌담에서 춤추던 사람들은 돌아가고 돌의 정령만 남아 반짝이는 시간이다. 이렇게 시간의 풍상을 지나와서 시간을 담뿍 머금고 햇살 받는 돌담은 사물을 초월한 사물이며 인간의 서사 깃든 또 하나의 정겨운 얼굴이다. 마을 집 대문 옆에서 남자와 여자 이름 새겨진 문패를 보았다. 근엄한 모습이 아니라 장난치듯 이름을 나무에 새겨 색칠을 한 문패도 춤을 추는 느낌이다. 달이 춤을 춘다는 마을, 무월리舞月里에 가면 잃어버린 시간을 찾는 것 같았다. 우두커니 지나는 시간을 바라볼 수 있어 좋고, 돌담 가에서 하늘하늘 흔들리는 유채꽃은 생의 또 다른 기적을 이야기하고, 오래된 독에서 장을 퍼담는 나이 든 여인은 마치 내 어머니처럼 낯익다. 햇살 어리는 돌담에 빛이 춤을 추고 있다. 돌담의 빛살 무늬는 바람이 불 때마다 흔들리며 마치 돌에서 나온 정령들이 춤을 추는 것 같다. 안토니오 바치니Antonio Bazzini의 곡 〈요정의 춤La Ronde des Lutins〉에서 들었던 바이올린과 피아노의 선율이 춤을 추는 것 같은 느낌이다. 하긴 우리가 볼 수 없는 정령들의 세계라고 어찌 요정인들 춤을 추지 않고 신묘한 노래를 부르지 않겠는가. 사람들은 자기 앞의 생을 살기 바쁘지만 이런 곳에 오면 대지의 자연의 원시적인 기운에 끌려 못 보던 것을 순간 볼 수 있으니 여행이 베푼 고마움일 것이다. 그러하기에 나의 방랑은 늘 다시 시작한다.

사라지는, 사라지지 않는, 사라져간;
생의 콜라주

─허물어진 담장

    시간이 전복된 풍경을 길어 올렸다.

    돌과 돌 사이 황토를 개어 만든 반쯤 허물어진 담장은 우리 생의 이정표 같다.

    지극히 일상적인 풍경이 낯설게 다가오는 건 전복된 시간이 액자화됐기 때문이다. 이 순간, 우리가 안다고 하는 것들은 앎의 그물망을 빠져나간다. 안다고, 알고 있다고, 했던 일상이 이질적으로 느껴지는 것도 이 무렵이다. 풍경이 정지된 저 사진이 낯설게 다가오는 것도 그 이유다.

    시간에는 가면이 없다.

    시간은 우주에서 가장 순정한 결정체이기에 스스로 저 자신을 파괴한다. 시간은 자신의 세계를 산산조각 내며 시간이 된다. 자기를, 파괴하고, 부정하고, 산산조각 내며 시간이 되

어가는 시간. 시간마저 정지시킨 풍경 속의 사진이 가슴을 쿡, 찌르는 것은 추억을 기억시켜서가 아니라, 시간을 전복시켜 삶을 낯설게 보여주기 때문이다.

풍경에도 가면이 없다.

아무도 눈길 주지 않고 무심히 지나쳤던 것들이 눈부신 사진 속 풍경이 된 것은 풍경의 시간 역시 순정하기 때문이다. 나는 우연히 마주친 풍경에 이름을 붙여주고 싶었다.

허물어지고 있는 담벼락과 빛바래 하얗게 세어버린 나무 기둥과 생의 밥거리를 담아놓았던 엎어진 옹기와 나뒹군 검정고무신과 담벼락 뒤의 허술한 시간을 가리기 위해 임시로 세워둔 검은 생철 판과 이 모든 것에 아름답고 슬픈 시간을 수놓은 꽃들.

시간이 멈춘 지 오래된 사진 속 시간의 풍경은 서로 다른 오브제들이 모여 완성된 콜라주처럼 생의 흔적을 완성했다. 그러나 미완성을 위한 완성. 시간의 흔적은 소멸되고 풍경의 흔적은 망각된다. 사진은 소멸되고 망각되어지는 것들을 호명하며 말러의 〈교향곡 5번 아다지에토〉처럼 진혼곡이라도 연주하듯 눈앞에 펼쳐 보인다. 사진으로 완성된 풍경은 풍경이 아니다. 사진 속 무너져가는 담벼락을 보라! 시간에 의해 속수무책으로 해체되어가는 삶처럼 담벼락에 기댄 풍경도 낯선 시간 속으로 해체되는 중이다.

시간의 거울에 비쳐진 사진 속 풍경이 애닲은 것은 무너져가는 시간을 포르노그래피적으로 증언하기 때문이다. 사진은 시간의 허무를 포르노적으로 드러낸다. 그 앞에서 인간이나 담벼락이나 옹기, 검정고무신, 나무 기둥, 꽃이나 모두 무기력한 타자다.

시골 마을에서 만났던 사진 속 시간의 광경은 무엇일까?

저것은 지상계 풍경이 아니다. 아리스토텔레스가 흙, 공기, 불, 물로 설명한 지상계 풍경이 아니라 5원소라는 '퀸타 에센티아quinta essentia', 즉 투명하고 순수한 공간으로서의 '에테르Äther'로 에워싸인 지상 너머 광경이다. '에테르'는 우리 곁을 스쳐 지나는 보살이나 성모마리아의 현현처럼 빛의 여울에 싸여 있다. 붙잡고 싶지만 붙잡히지 않고, 아름답지만 아름다워 보이지 않는 곳에 머물다 사라지는, 사라지지 않는, 사라져간, 생의 콜라주.

세상에서 추방당한 시인의 눈에 저 사진이 아름다웠던 것은 풍경 역시 마을에서 추방당할 것임을 알기 때문이며, 그것은 세상이 지금보다 조금 덜 개화됐던 스물일곱 해 전 풍경이라서가 아니라, 지극히 일상적인 삶의 궁핍한 시간을 낯설게 보여주기 때문이다.

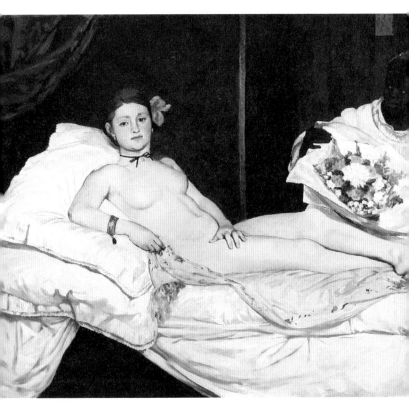

에두아르 마네, 〈올림피아〉, 1863

　낯섦은 생을 떨리게 한다. 무기력하게 굳어져 가는 심장에 파동을 일으켜 정신의 심장에 파란 피를 돌게 하는 낯선 떨림.

　사진은 낯섦을 비추는 거울이다.

　엎어진 옹기 옆에 나동그라진 검정 고무신이 있는 풍경은 보는 이를 낯설게 하고 조금은 불편한 심사를 갖게 한다.

　농부의 벌거벗은 몸 같은 버려진 물건들에서 유독 마네의 그림 〈올림피아Olympia〉를 떠올린 것은, 서양미술사에서 유례없이 나체화를 통해 불편함을 보여줬기 때문이어서일까? 여자의 나체화는 이상화된 아름다움을 보여주기 위해 끊임없이 벌거벗겨졌다. 농부는 옹기를 엎어두고 고무신마저 내동댕이치고 이사를 갔다. 농부의 서울로 가는 길에 버려져 뿔뿔이 흩어진 이 집의 살림살이들은, 마치 에두아르 마네의 그림에서 벌거벗은 채로 비스듬히 누운 여자가 우리를 빤히 쳐다보는 것처럼 불편하다. 이 그림의 여주인 공이 우아하고 고상한 포즈를 잡고 있는 미의 여신 비너스와 대조적인 매춘부의 이미지라서 불편한 것은 아니다.

마네의 〈올림피아〉는 티치아노Tiziano Vecellio의 〈우르비노의 비너스Venus de Urbino〉(1538)를 재구성하여 그렸다는 것은 잘 알려진 사실이다.

그림 속 여주인공이 매춘부를 상징하는 붉은 꽃을 머리에 꽂았고, 하녀가 건네는 값비싼 꽃다발은 손님이 부자라는 걸 암시한다. 19세기의 고양이는 변태, 신비, 난삽함을 상징하는데, 그녀의 발끝 부분 침대 위 고양이는 섹슈얼리티의 또 다른 의미로, 무엇보다도 침대에서 신발을 신고 있는 여자의 요염한 모습은 성적 감정을 일으키는 대상물로서의 페티시fetish를 나타내고 있다. 그러나 그림 속 이런 장치들은 화가 마네가 설치한 조형 예술물들로 시대의 금기를 깨기 위한 도구였을 것이다.

〈올림피아〉가 보여주는 모호한 아름다움의 그늘에는 끊임없는 질문이 자리 잡고 있다. 마네는 매춘부 여인의 바라보는 세상을 우리에게 그녀와 동일한 시선으로 보라고 한다. 회화에서 보여준 마네의 탁월한 '현대성'이란 벌거벗은 매춘부의 눈을 통해 세계를 낯설게 보여준다는 것이다. 그림 속 여성은 우리들 시선의 수동적 수용자가 아니라, 자신만의 주관성을 통해 우리로 하여금 낯선 세계를 바라보게 한다. 마네는 자신의 '정언명령' 같은 예술론을 저렇듯 무표정한 여인의 얼굴에 담아놓은 것이다. 그래서인지 이상화된 미로서의 여인의 벌거벗은 몸이 아니라, 있는 그대로의 누드를 보여준 몸도 몸이지만 핵심은 관객을 조롱하듯 빤히 쳐다보는 눈이다. 눈은 영혼이 드러나는 창이다. 몸에는 감각세포가 뻗어 있지만 눈에는 영혼의 집이 있다. 그래서 영혼이 드러나는 눈과 눈이 마주칠 땐 섬광이 번쩍인다. 나는 〈올림피아〉 그림을 볼 때마다 모델인 여자와 눈이 마주치면 슬그머니 눈을 내려간다.

농부가 버리고 간 뒤집어진 옹기와 검정 고무신과 그 옆의 뒤집어 놓은 독 위에서 녹슬고 있는 호미를 바라보는 마음이 편치 않았다. 농부의 버려진 사물들과 마네의 그림이 겹쳐지는 부분은 '불편함'이다. 마네의 〈올림피아〉가 시대와 인간을 비춰주는 거울로 작동한 것처럼, 사라지는, 사라지지 않는, 사라져간 생의 콜라주 같은 담장도 우리들 삶을 비추는 거울 같았다. 허물어진 담장 아래서 시간은 그렇게 또 흘러가고 있었다. 머지않아 남은 담장마저 허물어지고 농부가 버리고 간 옹기와 검정고무신, 녹슨 호미마저 사라지고 나면 우리를 조금은 불편하게 했던 풍경은 언제 그랬냐는 듯 기억조차 나지 않을 것이다. 사라지는 풍경 속의 삶은 애달프고 남겨진 것들은 무언가를 증언하려 한다.

섬 위에 있는 여자의 섬
혹은 자코메티의 〈작은 입상〉
—석쇠가 걸린 토담 풍경

담이 벽이고 벽이 담인 집이 있다.

외딴 곳에 있는 집은 담과 벽의 경계가 없다. 담이 집의 벽이기도 하고 벽이 집의 담 역할도 하는 것 같은 묘한 담, 벽이었다. 그러나 담이 벽이 된들, 벽이 담이 된들 그게 무에 그리 대수겠는가. 어차피 담은 벽이고 벽은 담인 것을.

무엇보다 호기심을 끈 것은 담인지 벽인지 모를 황토 담, 벽에 붙어 있는 석쇠였다. 벽이라는 수직의 공간에서, 생의 시간을 부유하는 섬처럼 보였다. 궁핍한 촌부 살림집이었지만 석쇠에서는 생선 구운 냄새가 났다. 꽁치인지 고등어인지 생선 구운 냄새는 쩍쩍 금 간 황토 담, 벽의 풍경을 좀 더 사람 냄새 나게 한다. 석쇠는 무쇠솥 걸려 있는 부엌 아궁이 앞에서 장작이 탄 숯불을 끄집어내 생선을 구웠던지, 화로에 담겨

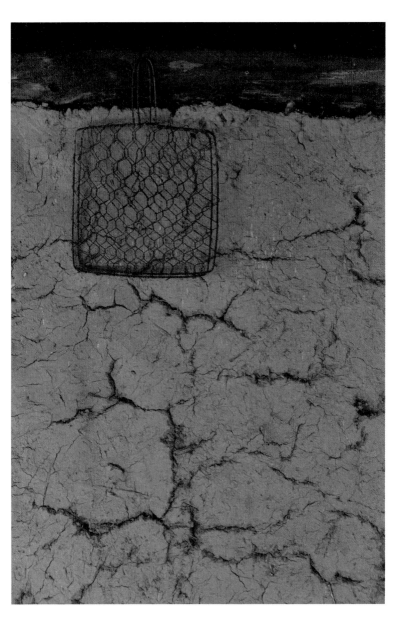

진 숯불에서 구워진 것으로 보인다.

저 집의 어머니는 할머니처럼 등이 굽고 손은 주름이 잡혀 굵어진 손마디가 더 거칠어보였지만 금가락지가 끼워져 있었다. 생의 축제를 증언하는 금가락지는 여인의 영혼에서 빛나는 부적처럼 보였다.

석쇠는 벽이란 바다에 떠있는 섬처럼 고요하다.

저 집의 어머니도 석쇠 걸려 있는 담벼락에 사는 섬인지 모른다. 섬만이 섬이 아니고, 벽만이 벽이 아니고, 존재하는 것들은 존재 위에 떠 있는 섬이다. 벽에서 나와 벽으로 걸어 들어간 섬, 어머니. 석쇠란 섬에서는 어머니 냄새가 났다.

세상에서 가장 불행한 이가 어머니 정을 모르고 자란 사람이다.

어머니가 해주는 따뜻한 밥 한 끼, 어머니가 석쇠에서 구워주는 생선 반 토막, 터진 옷자락을 꿰매거나 떨어진 단추를 달아주시는 어머니의 손길, 나이 드신 어머니가 웃으며 흘기는 사랑의 눈초리, 어느 가을날 햇빛 쏟아지는 창가에 오도카니 앉아 하염없이 그 빛살 무늬의 정적을 바라보시는 어머니가 있는 풍경의 따뜻함……. 길이 없는 세상에 길이 되어주신 어머니의 길을 걸어본 이는 안다. 어머니 정을 받은 이는 궁상맞아 보여도 실은 궁상맞지 않지만, 어머니 정을 모르는 이는 잘 살아도 궁상맞아 보일 때가 있다. 궁핍한 시대를 살아도 어머니 정이 살아 있는 시대는 궁핍하지 않다. 어머니란 이름을 학창 시절 가슴팍에 단 이름표처럼 마음에 달고 다닐 수 있는 사람은 어머니란 우주에 기댈 언덕이 있으므로 행복하다.

섬이라고 생각될 때가 있다.

살다보면 망망대해에 떠 있는 섬이라고 생각 될 때 있다. 그런데 나는 나의 섬, 내가 고독한 섬이라고만 생각했지 어머니의 섬은 생각해본 적이 없다. 어머니의 부재가 불러온 어머니의 섬. 부재란 존재를 인식하게 하는 아이러니한 섬. 멈추지 않고 흘러가는 시간 속에 어머니의 섬도 언제나 그 자리에 떠 있을 것 같은 섬. 알베르토 자코메티Alberto Giacometti의 조각 〈작은 입상Toute Petite Figurine〉을 보며 한 여자가 서 있는 섬을 생각했다.

여자는 네모난 섬 위에 서 있는 또 하나의 섬.

세상이라는 네모난 섬에는 헤아릴 수 없는 인간의 섬이 있고, 헤아릴 수 없는 별의 섬이 있고, 헤아릴 수 없는 돌의 섬이 있고, 헤아릴 수 없는 꽃의 섬이 있다. 벌거벗은 여자는 섬에서 바깥을 바라보고 서 있다. 여자가 바라보는 곳은 낙원이 아니다. 어느 신통한 마법사가 낙원으로 다시 자기를 데려갈 것이라고 마법의 그 땅을 바라보는 건 더더욱 아니다. 여자가 바라보는 곳은 행복을 담보로 잡고 있는 고통 충만한 현실이다. 현실은 행복을 저당 잡은 채 여자를 고뇌의 땅으로 인도한다. 현실은 마법사의 손길이 미치지 않는 환상의 섬이다. 현실이 환상의 섬이라고? 그렇다. 현실이 사실적 섬인 것을 부인할 이는 아무도 없지만 현실은 판타지한 섬이다. 다만, 판타지가 사라진 섬에서 판타지를 찾아가는 판타지한 섬. 판타지가 추방당한 판타지한 섬에서 사람들은 판타지를 꿈꾼다.

마치 「한밤중 후 한 시간」이란 시에서 낙원을 잃어버린 자들이 새로운 낙원을 꿈꾸는 것처럼 말이다.

> 한밤중 후 한 시간,
> 사람 하나 없이
> 숲과 한밤의 달만이
> 깨어 있는 곳에,
> 나와 나의 꿈만이 살고 있는

헤르만 헤세, 「한밤중 후 한 시간」에서

"한밤중 후 한 시간"은 낙원에서 추방당한 이들이 새로운 낙원을 찾는 신비한 시간이다. 무중력 공간의 시간처럼 "나

알베르토 자코메티Alberto Giacometti, 〈작은 입상Toute Petite Figurine〉, 1937~1939

와 나의 꿈만이 살고 있는", "숲과 한밤의 달만이 깨어 있는", "사람 하나 없는", "한밤중 후 한 시간"이란 25시의 공간일 지 모른다. 일상에서의 지친 육신은 피곤할지라도 형형한 정 신은 낙원을 찾아가는 시간. "어머니의 자연에서 떨어져 나 와 타향에서 방황하고 이제 새로운 낙원을 찾고 있는 자들의 땅"이 펼쳐지는 시간이 바로 '한밤중 후 한 시간'이다.

자코메티의 조각에서 보는 네모난 섬 위의 여자는 어머니 이다.

섬 위의 어머니가 바라보는 곳은 바로 어머니의 땅에서 떨 어져 나와 '타향에서 방황하고 이제 새로운 낙원을 찾고 있는 자들'*, 즉 우리들이다.

석쇠가 달린 담벼락에 사는 어머니로부터 우린 너무 멀리 떨어져 살고 있다. 섬에서 섬이 되어버린 어머니가 바라보는 곳은 무욕의 땅이 아니다. 잃어버린 낙원에서 낙원을 찾으려 애쓰는 자식들이 충만한 고통을 받아들이는 현실. 섬이 되어 버린 어머니는 현실이란 그 섬을 바라보는 중이다.

* "어머니의 자연에서 떨어져 나와 타향에서 방황하고 이제 새로운 낙 원을 찾고 있는 자들의 땅": 한스 쥐르 뤼티 Hans Jürg Lüthi의 『헤세의 자연과 정신 Hermann Hesce Natur und Geist』에서 인용.

삼지내 마을 돌각담의 기하 추상,
돌의 미사 솔렘니스

정성이, 허물어지지 않는 담장을 쌓는다.

돌과 돌 사이 물에 갠 황토를 촘촘하게 넣어 완성한 담장은 오래된 성곽처럼 견고하게 서 있다. 담장을 볼 때마다 촌부들의 기하추상적인 예술미는 신기하고 신비할 뿐이다. 서툰 것 같은데 옹골차고 투박한 것 같은데 세련되어 보면 볼수록 정 깊은 마음이 든다. 그것은 자연이 베푼 심미안이다. 빈켈만은 『회화와 조각에서 그리스 작품의 모방에 관한 고찰 Gedanken Über die Nachahmung der griechischen Werke in der Malerei und Bildhauerkunst』에서 "온화하고 청명한 기후는 그리스인의 최초의 인간 형성에 좋은 영향을 미쳤음에 틀림없다"라고 말했지만, 나는 우리나라의 온화하고 청명한 기후야말로 '아름다운 자연Die schÖne Natur'을 만들어 사람들의 순박한 심성을 형성했다고 믿어왔다. 자

연은 누구에게나 예술을 보는 눈을 뜨게 한다. 버릴 때 버릴 줄 알고 흙에 융화해 살아가는 사람들만이 터득할 수 있는 삶의 개안이 돌담을 쌓게 한다. 돌담에는 한 치라도 잘나 보이려는 마음이나 사사로운 욕심이 들어 있다거나 거들먹거리는 심사 한구석 보이지 않는다. 조금 과한 듯이 여겨지면 돌과 돌 사이 작은 돌멩이를 괴어주고, 네모난 돌도 모로 놓아 미적 감각을 발휘하고, 때로는 유치하게 삐뚤빼뚤 놓기도 한다. 촌스러움마저 미학으로 만드는 사람들 심성 그대로 돌을 배치하는 저 무아의 축성술이 담장에 있다.

담장에서 곰삭아가는 시간은 촌부들의 정성에 아름다움을 건축하는 또 하나의 예술미다.

고색창연한 미를 입히는 것은 전적으로 시간의 몫이다. 풍경에 숨을 불어넣는 바람은 돌을 예술적으로 다듬으며 별들을 초대한다. 투박하게 돌을 놓아 만든 담장에는 촌부들의 심성이 그대로 배어난다. 투박하지만 돌처럼 견고하고, 돌처럼 강인하고 햇살 받은 저 돌처럼 온화한 미소를 지을 줄 아는 사람들. 촌부들에게 아름다움이란 캔버스의 그림처럼 붓과 나이프로 유화물감을 덧칠하는 게 아니라 있는 그대로 두는 것이다. 모난 돌은 모난 대로, 둥근 돌은 둥글둥글 각진 돌은 각 잡힌 대로, 그대로 놓아 삶의 예술을 만드는 것이다. 그러면 자연은 시간을 햇살에 구워 어머니 눈웃음 같은 미소를 돌담에 배게 하고, 비와 천둥과 번개의 노래로 돌담을 견고하게 하고, 별빛과 달빛이 뭉근한 화롯불처럼 돌담을 빛나게 한다.

저 투박하기 짝이 없는 돌의 미학은 나에게 질문을 던진다. "인생이 다듬는 대로 만들어지더냐?"라고. 하지만 저 생긴 대로 된 돌들을 쌓으면 담장이 되어 족히 100년을 넘긴다. 돌을 하나하나 보면 못나 보이고 뾰족하고 투박하기 짝이 없어 쓸 곳이 없을 것 같지만 그것들로 담장을 쌓으면 세상에서 가장 자연스러운 미를 오래도록 보여준다.

돌의 변주라고 할까.

베토벤의 〈디아벨리 주제에 의한 변주곡〉을 들어보라. 서른세 개의 변주가 베토벤 삶의 총화가 엮어낸 삶의 풍경을 음악으로 그려낸 것이라면, 저 담장은 촌부들의 삶의 지혜가 돌멩이 하나하나에 쌓인 것이다. 베토벤 삶의 고뇌가 희로애락으로 변주되어 음악이라는 희열을 창조하듯 돌담에는 베토벤의 정념 못지않은 필부들의 희로애락이 새겨져 있다. 〈디아벨리 주제에 의한 변주곡〉 속에서 완성된 주제가 아니라 부족하고 작은 것이 모여 전체를 이뤄가듯 변주되어지는 작은 부분이 하나의 소우주라면, 담장에 박힌 돌멩이 하나하나도 작은 우주다. 베토벤의 변주곡이 변증법적인 전화 과정을 거쳐 음의 진화를 이뤄내듯 담장은 돌의 변증법이 만들어낸 것이다.

돌의 변증법!

담장이라는 주제는 장식되어 나타나는 것이 아니라 돌멩이의 변주에 의해 나타나는 혁명적인 변주의 주제다. 나는 저 돌담을 볼 때마다 베토벤의 〈미사 솔렘니스〉가 생각났다. '돌의 미사 솔렘니스!', '돌의 장엄미사!'라고 할까. 오래된 성당에서 장엄한 미사를 볼 때 느껴지는 숭고한 울림처럼, 돌로 건축한 돌의 미학에서 울려 퍼지는 돌의 장엄한 미사! 그것은 베토벤이 신의 성전에 봉헌한 〈미사 솔렘니스〉, 즉 장엄미사처럼, 촌부들이 먹고살기 위해 집 울타리에 건축한 식구들을 위한 장엄미사처럼 보인다.

삼지내 마을 담장에 쌓아 올린 돌의 미학만큼 예술이란 캔버스에 담장 이미지의 기호를 새긴 화가를 꼽으라면 파울 클레를 들 수 있다. 클레는 예술에서 기호 왕국의 이미지를 캔버스에 축성하였다. 나는 클레의 그림에서 삼지내 마을 촌부들이 만든 돌각담을 보았고, 삼지내 마을 사람들이 모여 만든 어느 집 돌각담에서 클레의 그림을 생각했다. 클레는 캔버스에 유화물감을 덧칠해 두텁게 바른 후 못 같은 뾰족한 도구로 알 수 없는 기호를 새겨 넣었다. 클레의 기호는 간결하고 지속적인 언어로 우주의 복합적인 의미와 생의 불가사의한 이미지를 상징한다.

20세기 초의 아방가르드 운동을 통해 예술은 혁명적으로 진화했다. 미술에서의 혁명과 변혁은 초현실을 꿈꾸는 보헤미안들과 유토피아를 찾는 몽상가들, 죽은 신을 찾는 예술가들에 의해 어느 날 신기루처럼 나타났다. 1910년 뮌헨의 칸딘스키가 의도적으로 아무런 구체적 대상도 재현하지 않은 수채화 한 장을 그려내는 데 성공했던 그 순간에, 클레 역시 현기증 나는 흥분을 느꼈다고 고백했다. 그러나 칸딘스키와 함께 현대 추상 미술을 연 클레는 칸딘스키가 보여주지 못한 새로운 우주를 열어 보였다.

　삼지내 마을 돌각담에서 느꼈던 돌의 장엄한 축성술은, 파울 클레가 그림에서 돌을 균형감 있게 쌓아 올려 추상화시킨 것이라고 생각했다. 구상미술이 추상미술로 넘어가는 단계에선 대상의 초점이 흐려지고 뭉개지면서 전혀 새로운 이미지가 구축되는데, 삼지내 마을 돌각담의 초점을 흐리게 하고 선과 면을 조금씩 뭉갠다면, 클레의 그림과 같은 이미지로 재탄생하지 않을까. 클레의 그림에서 느껴지는 정적의 광휘만큼 삼지내 마을 돌각담에서도 그 이상의 정적의 광휘, 혹은 광휘의 정적이 느껴진 것은 돌이라는 마티에르가 주는 마법이다.

　달나라에서 가져온 돌을 보며 사람들이 신비감에 젖는 것

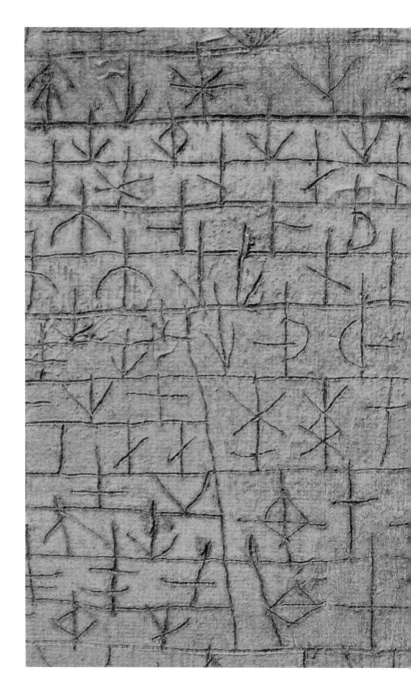

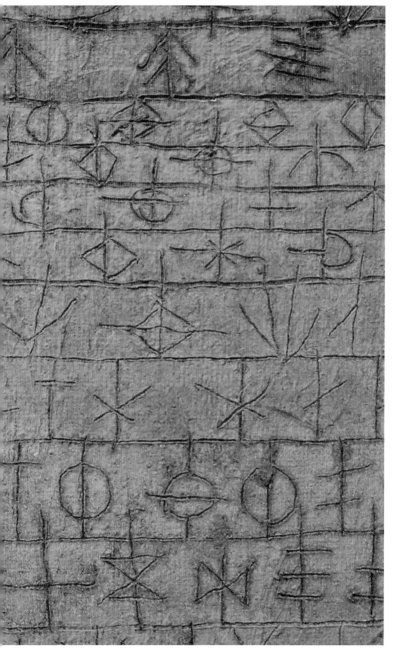

파울 클레의 기하 추상 그림

은 달이 갈 수 없는 곳이기도 하고, 사람이 생존할 수 없는 척박한 자연이기 때문일 수 있지만 그렇지 않을 수도 있다. 달나라의 돌에는 언젠가 생겼다가 사라져버린 왕국의 흔적이 있지 않았을까, 하여 그 왕국에도 삼지내 마을 같은 돌각담이 있어, 담장에 있었던 돌 하나를, 인간이 우주선에 싣고 개선장군처럼 돌아온 것은 아닐까? 하는 생각을 할 때가 있다.

삼지내 마을 돌각담이나 클레의 그림을 보고 있으면 돌에 새겨진 기호는 우리를 동화 세계로 이끈다. 저 견고한 돌각담 세계로 들어가면 미처 이루지 못한 꿈과 만나지 못한 사랑, 그리운 사람들의 이야기가 수북이 쌓여 있을 것만 같다.